游记

边境 近境

村上春树 著

林少华 译

上海译文出版社

村上春树的中国之行

——《边境·近境》与《奇鸟行状录》之间

林少华

村上春树是一位喜欢旅行的作家。用他本人的话说，虽然在日本拥有自己的住所，但不知何故，偏偏无法安居乐业，而宁愿“满世界跑来跑去”。从1986年（37岁）开始，在欧洲住了三年，在美国住了不止四年。这期间创作了《挪威的森林》、《舞！舞！舞!》、《国境以南　太阳以西》和《奇鸟行状录》等长篇小说，写了《远方的鼓声》、《雨天炎天》、《终究悲哀的外国语》等游记和随笔。

不过准确说来，村上也并非“满世界跑来跑去”，或者说“满世界”似乎并不包括亚洲。事实上，村上作为亚洲人，亚洲国家他只到过中国和外蒙，而且只有短短两个星期。时间是1994年6月，路线是大连—长春—哈尔滨—海拉尔—内蒙新巴尔虎左旗的诺门罕（一译诺门坎）村，之后绕回北京，路线变为北京—乌兰巴托—乔巴山—哈拉哈河西岸的诺门罕战役遗址。关于此次中国之行、中蒙边界之行的记述，后来收录在1998年结集的《边境·近境》之中。

说起来，《挪威的森林》最初的中译本是1990年4月出版的，到村上来华的1994年6月已逾四年。但那时《挪威的森林》尚未达到畅销程度，村上在中国自然不怎么出名，因此十几年前他的那次中国之行并未引起国人的注意，基本上是作为普普通通的外国旅行者出现的，没有受到任何特殊的接待和欢迎。所以，不妨首先看一下彼时中国在彼时村上眼中是什么样子。

关于火车，村上以其不无辛辣的幽默笔触这样写道："从大连开始被塞进挤得连厕所都去不成的、堪称中国式混乱极致的满员'硬座'车（原本计划乘飞机去长春，但航班被无甚理由地取消了，突然改乘火车），摇晃了一夜十二小时，累得一塌糊涂。到达长春站时，觉得脑浆组织也好像随同周围汹涌澎湃的情景而大面积重组一遍。""中国人满不在乎地从窗口往外扔所有东西，若开窗坐在窗边，有时会遭遇意料不到的灾难。啤酒瓶啦橘子皮啦痰啦鼻涕啦，各种各样物件从窗外嗖嗖飞过，弄不好很可能受伤，下场更凄惨亦未可知。”关于宾馆：“我转了不少中国城市，深深觉得中国建筑师有一种能使得刚刚建成的大楼看上去浑如废墟的特异才能。例如每次进入面向外国人的高层宾馆——当然不是说全部——我们都会在那里目睹为数众多的废墟。电梯里贴的装饰板张着嘴摇摇欲坠，房间天花板边角部位开有含义不明的空洞，浴室的阀柄有一半两相分离，台灯的脖颈断裂下垂，洗面台活塞不知去向，墙壁有仿佛心理测试图的漏雨污痕。”关于医疗服务：“在哈尔滨，始料未及地跑起了医院——坐‘硬座’的时候，因对面坐的年轻男子开了车窗再不关上，致使异物进入眼睛（不过此君人倒非常友好，我下车时忘了带座席上的随身听电池，他特意跑来递给我）。”为此村上在哈尔滨去了两次医院，两次都不用等待，连洗眼带拿药才付费三元（四十日元）。于是村上感慨：“根据我的经验，就眼科治疗而言，中国的医疗状况甚是可歌可泣。便宜，快捷，技术好（至少不差劲儿）。”

不过，村上的中国之行显然不是为了写上面这样的中国印象记。他几乎没去任何景点，在大连没去老虎滩，在长春没看伪皇宫，在哈尔滨没游太阳岛，而仅仅是路过。较之游客或旅行者，他更是采访者。他的目的地是中蒙边境一个普通地图上连名字都没有标出的小地方：诺门罕。说实话，当年为翻译这个地名，我查遍了手头所有中外地图都没查出。那么，村上要去那么偏僻的地方做什么呢？

这涉及一场战役：诺门罕战役。

这场战役，日本人习称“诺门罕事件”，外蒙称为“哈拉哈河战役”。事件是 1939 年春夏之交由日军在靠近诺门罕的“满”蒙边境挑起的。关东军投入近六万兵力，结果在以苏军机械化部队为主力的苏蒙联军排山倒海的反击下一败涂地，死伤和失踪近两万之众，第 23 师团全军覆灭。此后关东军不得不收敛进攻苏联的野心。早在上小学的时候，村上就在一本历史书中看过诺门罕战役的照片。不知为什么，自那以来，那一战役的场景始终萦绕在他的脑际，后来受聘在美国普林斯顿大学任驻校作家期间，他在学校图书馆里意外见到了不少关于诺门罕战役的英日文图书。翻阅之间，他终于明白了自己一直为那场战役所强烈吸引的原因：“那大概是因为，在某种意义上那场战役的始末‘实在太日本式、太日本人式’了。”何为日本式、日本人式呢？在村上看来，就是几乎没有人对无数士兵在“日本这个封闭组织中被作为无名消耗品”谋杀掉负责任，甚至吸取教训都无从谈起。即使战后的今天，“我无论如何也无法从我们至今仍在许多社会层面上作为无名消耗品被和平地悄然抹杀这一疑问中彻底挣脱出来。我们相信自己作为人的基本权利在日本这个和平的‘民主国家’中得到了保证。但果真如此吗？剥去一层表皮，其中一脉相承地呼吸和跳动着的难道不仍是和过去相同的那个封闭的国家组织或其理念吗？我在阅读许多关于诺门罕战役的书的过程中，持续感觉到的或许就是这种恐惧——五十五年前那场小战争距我们不是并没有多远吗？我们怀抱着的某种令人窒息的封闭性总有一天会以不可遏止的强大势头将其过剩的压力朝某处喷发出去，不是吗？”与此同时，村上意识到那场“奇妙而残酷”的战役正是自己寻求的题材，决心将那场战役作为长篇小说《奇鸟行状录》的一个纵向主轴。“我一边看书，一边把自己带往1939年的蒙古草原。我听到了炮声，肌肤感受到了掠过沙漠的风。”他在《奇鸟行状录》第一部中以64页篇幅（原文）写了同诺门罕战役相关的情节。写完第二部后，《马可·波罗》杂志问他能否实际跑一趟，“那是我早就想去的地方，一口答应下来”。

很明显，村上中国之行或中蒙之行的目的，就在于亲眼看一看作为《奇鸟行状录》题材之一的诺门罕战场。

关于《奇鸟行状录》，这部分为上中下三部、译成中文有五十万字的超长篇小说，对于村上春树可以说是划时代的标志性作品，哈佛大学教授杰·鲁宾（JAY RUBIN）称之为“也许是他创作生涯中最伟大的作品”。这部作品无疑是他创作道路的转折点。如村上自己所说，他诸多小说的一个重要主题是主人公总在寻找什么，而《奇鸟行状录》同以前作品的不同之处，在于“主人公积极主动地期盼寻找并为此进行战斗”。《奇鸟行状录》通篇贯穿着这种积极性或战斗性，而其战斗性的指向就是寻找和发掘被日本官方掩盖了的另一种历史，即充满邪恶和暴力的历史。而要寻找邪恶和暴力的源头，势必追溯日本对中国大陆的侵略及其犯下的种种暴行。《奇鸟行状录》从寻找冈田亨夫妇丢失的一只宠物猫开始，很快将读者带往蒙古草原和血肉横飞的诺门罕战场。并通过滨野军曹之口点出了南京大屠杀：“在南京一带干的坏事可不得了。我们部队也干了。把几十人推下井去，再从上边扔几颗手榴弹。还有的勾当都说不出口。”如果说，《奇鸟行状录》的主题是探索和求证当今日本暴力的传承和渊源，那么那场“太日本式、太日本人式”而又被蓄意掩饰的诺门罕战役无疑是一个典型教案。可以说，村上的笔触在这里已触及日本历史最黑暗、最隐秘的部位和当今日本症结的源头所在。

尤其值得注意的是，实际来中蒙边境的诺门罕之前，村上已经写完了涉及诺门罕战役的《奇鸟行状录》的第一、第二部，第三部则是在结束中蒙之行后写的，而恰恰是第三部，成为村上真正的转折点。如果说第一部和第二部仍处于寻找和期待阶段，第三部则真正开始了战斗：用棒球棍将作为邪恶与暴力化身的众议院议员绵谷升打塌头盖骨，主人公的妻子即绵谷升的妹妹也下决心去医院病房拔掉维持绵谷升生命装置的插头——“我必须杀死我的哥哥绵谷升!”杰·鲁宾在他的专著《倾听村上春树》（Haruki Murakami and the Music of Words）中指出：“只有第三部可以说受益于他对这个自学生时期起就一直挥之不去的战场的实地勘察。”

熟悉二战史的人都知道 12 月 7 日是美国的“珍珠港日”，1991 年 12 月 7 日是美国太平洋战争五十周年纪念日。当时村上正在美国，即使普林斯顿那样的大学城也弥漫着反日情绪，几乎成了“反日日”。那天一整天村上没有出门——

“那里的气氛很难让日本人出门，很难让自己分辨说自己是战后出生的，同第二次世界大战毫无关系。在那里我确实感受到我们必须多多少少持续承担作为日本人的历史责任……换言之，当时我不容分说地被挟裹在五十年前发生的历史事件及其亡灵般的复活气氛之中。此后不久我便越过了界线，被拖进往来于1939年的满蒙边境和现今的东京之间那个不合逻辑的物语之中。”

这样，1994年6月，村上终于来到了中蒙边境，来到了诺门罕，实际站在了哈拉哈河畔1939年展开诺门罕战役的战场——“看上去原本像是坡势徐缓的绿色山丘，但也许因为苏军集中炮击的关系，形状已彻底改变，植被体无完肤，砂土触目皆是。8月下半月在苏蒙联军大举进攻之际展开的血肉横飞的围歼战即那场激战的痕迹在斜坡沙地上完完整整剩留下来。炮弹片、子弹、打开的罐头盒，这些东西密密麻麻扔得满地都是，就连似乎没有炸响的部分臼形炮弹（我推想）也落在那里。我站在这场景的正中，久久开不了口。毕竟是五十五年前的战争了，然而就好像刚刚过去几年一样几乎原封不动地零乱铺陈在我的脚下，尽管没有尸体，没有血流。”为了不忘记，村上决定拾起一发子弹和一块炮弹残壳带回宾馆，再带回日本。当他半夜返回乔巴山，将子弹和炮弹残壳放在桌子上时，他顿时感到有一种类似浓厚“气息”的东西发生了。“深夜醒来，它在猛烈地摇晃这个世界，整个房间就好像被装进拼命翻滚的混凝土搅拌机一样上下急剧振动，所有东西都在伸手不见五指的一片漆黑中咔咔作响。到底发生了什么呢？是什么正在进行呢？”离开中国以后，那剧烈的振动和恐惧的感触仍久久留在村上身上，并使他为之困惑。但随着时间的推移，村上开始认为：“它——其振动、黑暗、恐惧和气息——恐怕不是从外部突然到来的，而莫如说原本存在于我这个人的内面，不过是有什么抓住类似契机的东西而将它猛然撬开罢了。”

其实，这一奇特的体验是否属于“超自然的”并不重要，重要的是作者透露和强调的信息：黑暗、恐惧和暴力并没有随着战争的终止而终止，它依然活在日本这个封闭性国家体制的内部，甚至活在自己和其他个体的内部，并正在窥伺时机以求一逞，正如前面引用过的村上原话：“我们怀抱着的某种令人窒息的封闭性总有一天会以不可遏止的强大势头将其过剩的压力朝某处喷发出去。”村上紧接着这样写道：“如此这般，在新泽西州普林斯顿大学寂静的图书馆和由长春驶往哈尔滨嘈杂的列车这两个相距遥远的场所，我作为一个日本人持续感受着大体同一种类的不快。那么，我们将去哪里呢?”

“我们将去哪里呢?”——日本将去哪里呢？日本人将去哪里呢？自己将去哪里呢？不妨说，在很大程度上是这个疑问和追索期待将村上带到了中蒙边境的哈拉哈河西岸，带到了诺门罕。在这个意义上，诺门罕乃是村上心中的诺门罕。那既是他在历史迷雾中持续寻找的遥远的“边境”，又是他必须日常面对的近在咫尺的“近境”。就此而言，较之一个旅行者、采访者或者一个作家，村上更是一个必须投入战斗的战士。

最后需要说明的一点是，《边境·近境》这部游记或旅行文学作品所收录的不仅仅是这篇题为《诺门罕钢铁墓场》的中国之行、中蒙边境之行，还收录了墨西哥之行、横穿美国大陆之旅和神户故乡之行等篇章，或场景描写栩栩如生，充满“新鲜的感动”，或思维的轨迹穿越时空，足以发人深省，文笔或诙谐灵动或沉郁悲凉或娓娓道来——确如村上所说“看写得好的游记比实际外出旅行有趣得多”，但限于篇幅，这里就不一一涉及了。何况，作为译者，理应把“有趣得多”的东西留给读者。

2007年2月23日（丁亥正月初六）于窥海斋

时青岛水仙初谢迎春乍黄

目 录

东汉普顿 幽静的写作圣地

1991 年秋天，一家信用卡公关刊物委托我写一写东汉普顿。我因为要去参加纽约马拉松，正好参加完了去，就答应下来了。搞摄影的松村映三和我同行。东汉普顿固然风景优美，但若说我的个人意见，我却是懒得住在作家聚集的地方——美国也罢日本也罢其他什么地方也罢。

我一说要去东汉普顿，几个出版方面的熟人当即举出当地居住的熟识作家的名字，叫我务必前去见见。出版社负责宣传的吉里安举出的名字是汤姆·沃尔夫[①]、戴维德·勒维特、E·L·多克托劳[②]。《纽约客》的编辑林达·亚莎举出了卡特·冯内古特[③]的名字。吉里安和林达都是纯粹的纽约客，但都在汉普顿有房子，这些作家是住在其附近的熟人（遗憾的是，冯内古特也好多克托劳也好勒维特也好这回都未能见上。同汤姆·沃尔夫后来倒是在纽约见到了）。

---

① 美国新闻记者、作家（Tom Wolfe，1931— ）。

② 美国犹太裔小说家（Edgar Lawrence Doctorow，1931— ）。著有《延迟时间》等。

③ 美国小说家（Kurt Vonnegurt，1922— ）。著有《自动钢琴》、《母亲之夜》等。

总之，对于舞文弄墨的人来说，东汉普顿这地方类似某种圣地——这么说或许有些夸张，总之有许多作家在这里有房子。自不用说，其大半是成功作家（东汉普顿的地价相当高）。东汉普顿喜好成功作家，成功作家也喜好这个地方。在这个意义上，对于美国作家来说，这里或许是后天的、便宜的圣地。

作为高级避暑地为文人所喜欢的，在日本有轻井泽和镰仓一带，而实际前往东汉普顿一看，其漂亮程度和规模之大，即使轻井泽和镰仓加起来再放大一倍也远远无法相比。来到这样的地方，同样要为美国这个国家积蓄资本的巨大所折服。

东汉普顿位于长岛的东边，距纽约正好一百英里，开车两个小时多一点即可。若有余钱，租直升飞机半小时就到。若更有钱，也可以开私人喷气式飞机前往。当然，作家这类人是不那么有钱的，所以大体驱车往返。他们之中的多数在纽约市内拥有公寓套间，有工作就来纽约，工作完了就回汉普顿悠然写作，这是在此居住的作家的基本生活模式。以前我在纽约见约翰·欧文时，他告诉我在汉普顿和纽约往返的汽车上听狄更斯小说的朗读磁带来着。“毕竟时间长，路上听那样长度的磁带正合适，”他说。不过，欧文氏现已移居加拿大（看来他不中意美国这个国家），正在卖房子。“怎样，村上你不买?”他笑道。

在汉普顿有房子的不但是名作家，也有其他方面很多名人，如拉尔夫·罗兰、斯蒂芬·斯皮尔伯格[①]、彼利·约埃尔、卡尔文·克莱因、罗伯特·德尼尔、保罗·西蒙[②]等等，不胜枚举。

东汉普顿大多是这类“又新又软的有钱名人”。但这些有钱又有名的人士来此居住一般是在夏天（他们当然是在私人海岸悠然自得地游泳），偶尔在周末或感恩节、圣诞节来一来，其他时间住在城里。每到夏去秋来落叶纷飞时节，剩下的只有当地居民和只要有打字机或电脑在哪里都能写作的那类作家。

“这是个很好的模式。”住在东汉普顿的作家彼得·斯威特说，“一年中的大约一半日子，这里到处是人。有晚会，

---

① 美国电影导演（Steven Spielberg，1947— ）。执导有《大白鲨》、《外星人》等影片。

② 美国歌手（Paul simon，1941— ）。

人们走来串去，热闹得不得了。不久，到差不多厌倦了的时候，正好秋天来临，人们统统回城，而我们留下静静写作。谁也不来找麻烦，什么干扰也没有。而在渐渐觉得这样的生活单调起来，希望有什么刺激的时候，正好5月再次到来。你不认为这对作家很理想？”

在东汉普顿，作家每两周开一次会。所谓开会也并非搞什么特殊活动，不过是住在这一带的作家相聚吃喝罢了。“有各种各样的作家，”他说，“巴德·舒尔伯格（剧作家，菲茨杰拉德小说《美梦破灭》的改编剧执笔者）、皮特·哈密尔（不久前离开了这里）、达特逊·莱达，还有许许多多。下次开会是明天晚上，你也一定要来。”遗憾的是，我明天早上必须赶往纽约，没能参加那个会。

从东汉普顿开车往北行驶二十分钟左右，有个叫萨格·哈巴的港城，汤姆·哈里斯（《沉默的羔羊》）、多克托劳、品特罗等人住在这里。纳尔逊·阿尔格伦（《漫步荒野》、《拥有黄金手臂的人》）也曾在此居住。向我讲起阿尔格伦的是经营“卡尼欧书店”的卡尼欧：

“十一年前在这里开旧书店的时候，一天关门时来了一个两眼放着凶光的汉子，贼溜溜地在店里看了一圈——他就是阿尔格伦。

"'喂，你就把这个叫书店？我家卧室书架上的书比你还多！'说罢就回去了。不料三天后，他把快抱不过来的书抱了过来，并且这么说道：'喏，把这些摆上卖了！'倒是个痛快人。芝加哥出身的莽汉，总之粗言粗语不讨人喜欢，可心地非常善良。"

当时的阿尔格伦是个被遗忘的作家，年轻读者几乎没人看他的小说。他在这个多少保留着作为捕鲸港的昔日荣光的萨格·哈巴小城像隐士一样生活着，但在卡尼欧的书店召开其作品朗读会的时候，店里听众挤得满满的，这使得阿尔格伦心里充满了幸福。

"两个星期后阿尔格伦死了。"说着，卡尼欧摇了摇头。

我住在一家名叫"THE PINK HOUSE"的旅馆里，主人罗恩是个年轻的建筑师。他买了位于东汉普顿头等地段的这所旧房子，自己改建成了旅馆。"女朋友苏一眼看见这房子就说要在这里开旅馆，两年前的事了。"他说，"在她的劝说下开始了这个买卖。改建的事彻里彻外是我做的，从揭墙纸到配管配线、涂漆，全我一个人包了。"

如果说打理房子是罗恩的职责，那么苏的任务就是做饭。她做的早餐十分了得，胡萝卜、面包、脆皮松饼、葡萄干全麦饼、薄煎饼，全是她亲手做的，非常可口。这里是所谓 Bed and Breakfast①，只管早餐，但每天的早餐确是一种享受。

这家旅馆另外值得一看的是家具等用品。“为开业特意买的东西几乎没有，用的全是我们以前搜集的或从祖父母那里继承下来的东西，结果气氛十分沉稳。”看了这些东西，我不能不承认美国社会的某种健全性——买下 18 世纪建造的房子，自己动手里外翻新，再用亲手收集的家具等家居用品装扮一番，端上自己做的实实在在的饭菜。以日本说来，大约就是从公司离职的简易旅馆经营者，但在罗恩和苏身上看不出自负之处，就像把过去极其自然而然地承袭下来一样。这让人心情愉快。

“感觉上与其说是旅馆，倒不如说是在自己家里招待客人，所以也不怎么做广告。房间里没有电视没有电话。大家来了，在客厅和餐厅里能像在自己家里那样放松下来就行

① 意为“住宿加早餐”。

了。前不久还在这里集中留宿过参加斯皮尔伯格婚礼的客人呢。那时真够开心的。罗宾·威廉斯啦马丁·肖特啦罗布·劳啦，那样的明星坐在那里的客厅一起喝酒，听音乐，唱歌。那才叫不同凡响咧!”

到了10月，东汉普顿街头大凡可称为娱乐的东西统统没了，往下只有看书或写作。看腻了写烦了，只能散步。不过还好，这里确是散步的理想场所。地方有点儿过大，像在轻井泽那样骑自行车往来兜风怕也不坏。有各种各样有名的宅院，有许许多多有名人物住的房子。有上个世纪20年代建成的林格·拉德纳的有名的宅邸，有萨拉和杰拉尔德·迈菲住的粉红色房子，有菲·唐纳薇的房子（菲向镇议会申请在自家院子修游泳池而未获批准，一气之下，前不久离开了)。紧挨卡尔文·克莱因的房子的，是斯皮尔伯格的房子。

为什么名人如此集中住在东汉普顿呢?是什么把他们吸引到东汉普顿的呢?这是个极难回答的问题。我来东汉普顿也这样问了很多见到的人，回答委实五花八门：地理之便、风景优美、环保到位、治安良好、人文景观。最能说服我的是这样一种回答："名人反正就是喜欢和名人在一起，对他们来说，这好像是最能让人放心的。"或许是这样的，我想，惟其如此，圣地才得以存续到20世纪，在21世纪也将存续下去。

无人岛·乌鸦岛的秘密

1990年8月。说起无人岛，脑海中难免浮现出带有某种浪漫和冒险意味的岛，可那太一厢情愿了。一读您就会明白，实际上是相当“糟糕”的玩意儿。同行者是松村映三君。这篇文章发表在《Mother Natures》杂志上。热情接待我们的岛的主人村上先生几年后去世，乌鸦岛那以后怎么样就不知晓了。

乘船游览过濑户内海的人想必晓得，濑户内海的岛实在多得数不过来。从大的淡路岛到小得地图上几乎不出现的，反正到处是岛。不过岛再多，若提起为个人所有的岛，数字也少得惊人，这点我以前倒是不知道的。

那么，那些岛到底是谁的呢？大部分好像为自治体所有，或者为若干人共同拥有。希腊有几座岛由以奥纳西斯①为首的超级富豪作为另一处住宅所拥有（带游艇码头和直升机场，未获许可当然不得进入），夏威夷的尼豪岛长达几十年绝对不许外人上岛，作为固守往昔生活方式的顽固的“锁国岛”而闻名，可是濑户内海不存在那种富有个性我行我素的岛，尽管我觉得有一两个也未尝不好。

① 希腊实业家，船王，著名富豪（1907—1975）。

位于山口县的乌鸦岛是为数不多的难得的私有岛之一。拥有这座岛的是一位姓村上的，遗憾的是此村上同我没有任何血缘关系。村上先生住在乌鸦岛的对面。原本是老字号酿酒铺的主人，如今停业了，在面对大海的古老大宅院里修补古书，过着优哉游哉的隐居生活。

乌鸦岛就在村上宅正对面大约八百米远的海湾里，面积为六千坪①。别以为只隔八百米，游过去也没关系。这一带在全国也以潮大闻名，不是什么时候都可以游的，仅限于涨潮和退潮没有潮流的时候才能游。涨潮时游到岛上，在那里等一阵子，等退潮时游回来。或者反过来也可以。过去这一带的孩子若能游到岛上再游回，就被认为是长大成人了。只是，岛上没电没煤气没自来水，全然没有，住的人也一个都没有，即世人所说的无人岛。

人虽不住，但岛上立有一座若山牧水②的大歌碑。歌碑平时孤零零浮出水面，退潮时可以从岛上步行过去。蛮好的歌碑，极有情趣。上面刻有一首和歌："寂寞乌鸦岛，绿荫

---

① 日本土地面积单位，每坪约3.3平方米。

② 日本歌人（1885—1928）。著有《海之声》、《别离》等。

白浪黑石礁，船近观千鸟”。歌是牧水在村上家（父辈村上）逗留时吟咏的。村上家是所谓地方名门，同文人代代交往，同牧水交情尤深，这次我也有缘在村上家逗留。我固然也是以写文章为业的，但远远不敢称为文人，即使搞摄影的松村君——这么说是不大好——怕也很难说是文人。

我们这回所以跑来这里，是从村上先生一个和我老婆有私交的亲戚那里听到这座乌鸦岛的缘故。拥有一座六千坪之大的无人岛，却又别无用场，扔在那里不闻不问，此事到底非同一般。虽说是一座岛，但以换算成日本通货的资产价值而言，也许北青山①的一个公寓套间的价值更高一些，但此是此，彼是彼，艇是艇，fuck② 是 fuck（没过看电影《舍利·瓦伦丁》[Shirley Valentine] 的人怕不明所以）。我想，拥有一座岛的人生和在北青山拥有一个公寓套间的人生无疑是不相同的。如此思来想去，渐渐涌起了上岛一看的念头。如果可能，想拿钓鱼竿在岛上住几个晚上。在日本，夜宿无人岛实行起来非常困难，有机会很想尝试一下。这么一说，

① 位于东京中心区，为黄金地段。

② 性交的隐语。

村上先生回复说那么请过来就是，于是欣然前往。

但不管怎样，一个人去无人岛还是有些不安，便邀搞摄影的松村君同行，松村君满口答应："一块儿去好了！"事情当即敲定。

"不过得多买咖啡过滤器才行。"他说，"无人岛上没水，需要咖啡过滤器。"

"这是为何？"

"要把海水过滤成饮用水，是吧？"

这么一说，我也渐渐为这个那个事情不安起来，沉思了好一阵子。不过好歹还是把帐篷、塑料桶、睡袋、食品、餐具等物品备齐了，装车上路，冒着刮得正紧的台风往山口县赶去。

当天先在村上家住下，翌日上岛。台风刚过，风平浪静。一大早就坐附近一位老伯的渔船大致绕岛一周，然后在岛上惟一的沙滩卸下行李。岛上此外还有一处漂亮的沙滩，但涨潮时被水淹没。这里涨潮落潮之差非常大。岛上当然没有码头，只能像诺曼底登陆时那样，扛着行李在海水中"扑通扑通"蹚水。海水清澈得令人吃惊。

说起登陆战，听说二战期间陆军还真在这海滩上作过登陆战演习。在军方申请用来军训的时候，村上家曾把小岛交给了国家。但战争结束又归还了，前面说的歌碑就是军方为答谢村上家而建造的。虽然世上歌碑不知多少，但陆军建的歌碑似乎仅此一座（想必）。岛小是小，但再小的岛也自有其复杂的历史。

岛的百分之九十五都是原生林，人几乎不能涉足。竹子多得很，战争期间有专人来砍，现在没人肯费这番周折了。树木密密麻麻，一般人很难进到里边。林中有大白鹭垒了好几个巢。白鹭大得离谱，第一次目睹时不由瞠目结舌，竟误以为是鹳，便是大到如此程度。我们的船靠近时，它们很不耐烦地“扑愣扑愣”猛飞起来，仿佛在说讨厌呀、你等何苦来此！后来落在树枝上敛翅歇息。岛简直成了野鸟天堂，有鸽子，却无老鹰。不用说，乌鸦——一如岛名——也有。鹭和乌鸦同栖一林，看起来很有点儿像奥赛罗游戏①。

林中除了鸟还有什么谁都不晓得。有人说有蛇，但无确凿证据。也有人说某人带来兔子放了进去，这也没有实证。

① 台面游戏的一种。64 张圆牌表里涂成黑白两色，两人在 64 目盘里互相挟击，取目多者为胜。

林中不时分明传来窸窸窣窣的声响，估计是鸟，但究竟有什么不得而知，反正情形有些让人放心不下。

行李全部卸完后，船返回港口。村上先生特意乘船一同来岛。

“真的在这里宿营三天？”分手时村上先生再次叮问。

“嗯，如果可能，想待上三天。食品和水都准备好了。”我说。二十升容量的大桶水两桶，矿泉水半打，应该足够用了。

船走后，四周好像彻底静了下来。距本土不过八百米，房屋举目可见，往来渔船也能见到。所以我想，倘有什么，一招手或大喊一声就可得到帮助。说是无人岛，其实很大程度上是面向初级探险者的无人岛，同动漫中出现的只长有一棵椰子树的无人岛大异其趣。话虽这么说，无人岛终究是无人岛。除了我们的确一个人影也没有。这么一想，两人突然奇妙地沉默下来。

不管怎样，先撑起帐篷再说。随后扑入海中：这回可要大游一场了！无浪，水又漂亮，心情舒畅极了。不料刚进海湾口就给水母蛰了一下。我一向不喜欢水母。高中时代远游时曾游进水母群，心脏当时差点儿停止跳动。慌慌张张游回岸边一看，双腿肿出一条条蚯蚓般的红痕。时近秋季，又是台风过后，正是水母出动的时节。只好怅怅地放弃游泳，一丝不挂躺在礁石上享受日光浴。这也是在无人岛务求一试的活动之一。我特喜欢脱光身子——有什么好遮掩的呢——从头到脚任凭太阳晒个遍。不试不知道，这玩意真叫舒坦。可惜在日本只有无人岛上才能得逞。靠着礁石，一边看安妮·比蒂的短篇小说（至于是否适合赤条条在无人岛阅读自是很成疑问，无奈只带此一本）一边悠悠然晒太阳，晒了两三个小时。岛和本土之间不时有中型货船和渡轮驶过。阳光很强，周围景致扑朔迷离，温情脉脉，呈现出濑户内海特有的情调。我已彻头彻尾放松下来：喏喏，活该！至于针对谁我也说不准，反正心情变得放荡不羁，很想这么一吐为快。这怕也是无人岛的一种效用。

吃罢午饭，钓了一会儿鱼。我们准备了钓白丁鱼的直抛式钓具，但实际一试，却因是石头海底，钩子当即刮住，全然无计可施，只好放弃。结果，游泳和钓鱼全都泡汤。烤白丁鱼也没吃着。现实这玩意很难让人顺利得手——我们本以为游游泳、钓钓鱼，三天一晃儿就过去了。看来我们不适合钓鱼，上次在土耳其黑海沿岸钓鱼时就一条也没上钩。这么着，往下只能不屈不挠晒着太阳看安妮·比蒂了，而这一旦天阴下来也只能作罢。

我们的悲剧从这时开始慢慢上演，命运的指针一味朝着不顺利的方向摆去。

4 时退潮，礁石露出，我们决定步行绕岛一周。松村君说想照相，我也想转一圈看看岛什么样。除了极小一部分，岛的周边全是陡峭的石崖，要转只能在退潮时转。退潮时，在探出海面的礁石上蹦蹦跳跳，行走如飞。但别的地方还得脱鞋进入水中。松村君把莱卡相机挂在脖子上准备照相，岂料入水刚一迈步，脚底板就被牡蛎壳霍地划出口子，条件反射地手拄旁边礁石时手心又被一下子划开。众所周知，牡蛎壳那东西着实锋利得很，而无人岛北侧的礁石上布满牡蛎。

血出了不少，赶紧回帐篷处置。消毒，缠绷带，但伤口相当深，血怎么也止不住。大体带了一套急救用品，但无论用来消毒还是用来包扎，量都没那么多。这种时候无人岛可够伤脑筋的。又不能游泳去药店。这还不算，宝贝莱卡也泡在海水里完蛋了。那可是爱不释手的古典莱卡相机，里边还有照完的胶卷。“糟糕!”“啊，不怕的。”——这么说的时间里，天黑了下来。不一会儿虫子出来了。

虫子！

从傍晚吃饭时开始，我就觉得虫子多得不行，但那时没怎么介意，心想毕竟是无人岛，虫子总会有的，一边拨掉一动一动爬上身来的虫子一边吃饭，吃罢看着暮色中的大海喝酒。但随着四周天色变暗，虫子如启示录[1]一般多了起来，形形色色。先是海蛆。这些家伙白天就满礁石都是，但没爬来这里，不料天黑后大概来了勇气，来了相当不少。不用我说，海蛆并非让人亲近得来的虫类。其次是长腿蜘蛛模样的家伙，四下里一忽儿一忽儿飞来飞去。危害倒像没有，但被这些东西围拢起来到底令人不快。再往下就是类似草履虫的家伙了，有太阳的时候它们在沙土中蜷身大睡，一到日落天黑就一伸一缩爬上来找吃的，密密麻麻。想必是平时压根儿没人来的地方有人来吃东西，食物把虫子引了过来。

打开手电筒一照，发现虫子已无孔不入。食品袋子也好背囊也好照相机盒也好餐具也好帐篷也好，都有虫子大举进攻。我们慌忙把要紧的东西收进密封式帐篷，将已经侵入的

① 《圣经 · 新约》的最后一章。

虫子赶走，然后窝在帐篷里一动不动。看见那么多虫子，完全没了外出的心绪。帐篷狭小闷热，这样的地方关进两个大男人，一点趣儿也没有，可出去又有虫子。虫子们连帐篷顶端都聚了上去，在头上沙沙、沙沙发出令人不寒而栗的声响。到了夜晚，这些小小的夜游生物便统治了地表。我们是这个世界的入侵者，牢骚发不得的。虽说小，但无人岛自有无人岛特有的独立生态系统。白天感觉不明显，而到日暮黑透，我们就被它们团团围在中间，于是我们真真切切地感到了它们的存在。我们软弱无力，无处可逃。夜间是它们的世界。我不由想起布莱克伍德[1]的《多瑙河的柳林》。

之后，潮水在夜深时分“哗啦哗啦”涌了上来。前面说过，这一带潮水涨落之差非常大。因为晓得这点，所以把帐篷支在沙滩最里端。尽管如此，潮水还是涨到帐篷脚下。我睡觉一般很实，然而似睡非睡中听到了潮水逼到脚前的声音，到底放心不下。不过毕竟天生的容易睡熟，心想管它呢，随它怎样好了，兀自睡了过去。松村君担忧得几乎没睡，够可怜的。莱卡掉进海里，手脚划了口子，虫子袭扰，

---

① 英国幻想小说家（Algernon Henry Blackwood，1869—1951）。

彻夜未眠，好事一桩也没有。

天亮之后，虫子们了无踪影，但见沙滩上留着草履虫钻入的无数小孔。试着用锹一挖，昨晚的那些家伙正在很深很深的地方蜷身大睡，放到亮处一看，慢慢蠕动着又挖孔钻入地下，仿佛在说什么呀烦人别打扰人家！我心想烦什么人？装蒜（渐渐变得没了品位）。本打算统统挖出来出口恶气，但挖着挖着又觉徒劳，于是再次脱光身子，接着看安妮·比蒂。

上午村上先生坐渔船过来。

“怎么样？可有什么问题？”他从船上向我们打招呼，是放心不下特意赶来的。

我和松村君再没情绪和虫子们住一晚上了，两人意见完全一致。再说伤口也让人有些担心。

村上先生一五一十听罢，答说海里的伤口用海水一洗就干净了，应该不要紧的，虫子倒是还可能来。这样的想法的确也成立，但无论我还是松村并非坚决前来寻求艰苦的体育磨练的，我们是打算悠悠然歪在无人岛沙滩上想入非非，再不想两个大男人在被虫子围得风雨不透的闷热的小帐篷里一连困上几天，于是请村上先生傍晚开船前来接回。倒是够对不起他的。

船离去后到傍晚之前，我们再次绕岛一周，松村君用另一架佳能相机照了相。那时间里我观察了石滩生物。退潮后，石滩上的生物实在是多种多样。它们在干什么我不知道，总之到处慢腾腾地爬来爬去。海葵啦虾蛄啦海螺啦见所未见的虫子啦螃蟹啦都在拼命活着。仔细看起来真是百看不厌。昭和天皇好像乐此不疲地观察了这些活物好长好长时间，它们身上确有一种容易让人忘情的地方。愣愣地注视之间，时间很快过去了。说不定驾崩的先帝也曾这么看着石滩生物放松身心，久久回不过神来——且容臣村上诚惶诚恐地如此妄自推断（敬语可该用这个？完全没有自信）。

如此一来二去，太阳步步西斜，黄昏渐渐临近。正当在地下安眠的数万条草履虫窸窸窣窣地伸着懒腰准备爬上地面的时候，村上先生开渔船来接了。把行李装上船，最后再次请他开船绕岛一周。大白鹭依然在岩石上怡然自得地歇息，见我们靠近，赶紧“扑愣扑愣”飞起，给人的感觉似乎是说“什么呀什么呀，怎么又来了，莫名其妙！”船离岛之后，那里重新回归无人岛，重新成为草履虫、石滩生物、林中栖居的什么以及白鹭和乌鸦的领地。岛在法律上归村上先生所有，但对于“乌鸦岛居住生物”的各位居民来说，法律问题全然不在话下，Hey Man[①]，fuck of[②]，与己何干！岛终究是它们的。法律是法律，无人岛是无人岛。艇是艇，fuck 是 fuck。

这么着，虽然遭遇了种种出乎意料的灾难，但无人岛毕竟是奥妙无穷的地方。虽是面向初级探险者的无人岛，却同样有其独特的冲击力，这点务请日后计划夜宿无人岛之人——这样的人全日本能有几位自是无从推定——牢记在心。不管怎样，给山口县柳井市伊保庄的村上先生添了一场大麻烦，不知如何感谢才好。

① 意为“喂”（男人间比较随便的招呼语）。
② 意为“滚蛋”。

横穿墨西哥

1992年7月。前半段我一个人乘大巴旅行，中途同松村映三君和兼做我翻译的阿尔富雷特·伯恩巴姆——两人驱车从新泽西州远远赶来——汇合。文章载于《Mother Nature》杂志。旅行结束后不久，克里斯托瓦尔-德拉斯卡萨斯附近发生了原住民大规模叛乱，其后也不断发生暴力事件。那般悠闲的旅行恐怕不可再得。不过，墨西哥是个非常吸引人的地方，迟早还想去一次。衷心祝愿和平返回当地。

从巴亚尔塔到瓦哈卡

在墨西哥旅行了一个月，那时间里碰到的几个人都问我“你为什么来墨西哥”，每次都问得我有些困惑。因为我觉得问话里含有一种微妙意味，仿佛说我何苦选择墨西哥而不是其他国家作为旅行目的地。这以前我游逛了几个国家，记忆中几乎从未有人提出过如此在某种意义上未尝不可以说是本源性的疑问。例如，无论在希腊还是在土耳其抑或德国，基本没人问“你为什么来希腊（或土耳其、德国）”。总的说来，他们似乎认为人们来自己国家旅行是理所当然的。我以为这是相当地道的想法。为什么呢？因为我是旅行者，而旅行者无论哪个地方都要去的。正因为有他或她提着包买票前往某个地方，旅行才得以成立。对吧？假如旅行者必然去某个地方，那么他为什么就去不得土耳其或希腊或德国抑或墨西哥呢？

从这样的语境说来，那么对于“你为什么来墨西哥”这一问话，我甚至可以反问——不失天真地反问“我为什么不可以来墨西哥呢”。为什么人们不可以在不怀有能够诉诸书面语言的理由或目的的情况下到访墨西哥呢?

比如说，如果向来日本旅行的外国人提同样的问题（你为什么来日本旅行)，想必会得到各种各样的回答。但是——当然前提是去掉因某种不得已的缘由而无论如何都必须来日本的人——归根结底，其回答只有一种，即他们想以自己的眼睛看那个地方、以自己的鼻子和嘴巴吸入那里的空气、以自己的双腿站在那个地面上、以自己的手触摸那里的东西。

保罗·塞劳的一部小说有个场面，说一个来到非洲的美国女孩讲述自己为什么满世界跑来跑去。很久以前看的，具体词句记不准确了，错了请原谅。大致内容我想是这样的：“会在书本上读到什么，会在照片上看到什么，会听到什么，但我若不亲自去那里实际看看就理解不了，心里就不踏实。举例说，我不能不用自己的手摸一摸希腊卫城的柱子，不能不把自己的脚浸入死海的水中。”她为了触摸卫城的柱子而到希腊去了，为了把脚浸入死海而到埃及去了。她没办法停下来。她去埃及登金字塔，去印度顺恒河而下……也许你说那么做并无意义，何况还是没完没了的。可是，若把各种各样的表层理由一一抽掉，旅行就无从谈起了。说到底，我想这恐怕就是旅行所具有的最正当的动机和存在理由。没有理由的好奇心。对现实感触的希求。

不过墨西哥的情况略有不同。旅行前我同一个美国新闻界人士交谈，告诉他往下自己要去墨西哥旅行四个星期，他给我这样一个忠告：

“到了墨西哥，他们肯定问你出于何种理由来墨西哥旅行那么长时间。”

“唔。”

“到时候你这么回答即可，”他以认真的神情说，“就说自己准备写一本关于墨西哥菜的书。记住了？墨西哥菜！这是能得到他们理解的惟一理由。这样就会一帆风顺。”

“原来如此。”

“不过这里边也有个小小问题。”

“什么问题呢？”

“一旦说起墨西哥菜，他们会永远说下去：我母亲的拿手菜如何如何，我奶奶的拿手菜如何如何……”

结果，我决定不提写一本关于墨西哥菜的书这个话题。

在瓦哈卡偶然碰到一个日本女孩，在广场前面的咖啡馆和她边喝冷啤酒边闲聊的时候，她问：“来到墨西哥的感觉，你还没怎么有吧？或许该说是不适合吧。你为什么选墨西哥作为旅行目的地呢?”

经她那么一说，我渐渐觉得自己这个人真有可能不适合墨西哥这个国家。越想越觉得自己这个人是由于错误动机来到错误场所的错误存在。说老实话，迄今为止我本身并未觉得墨西哥这个国家同自己之间有什么隔阂。而一旦介意，隔阂感的可能性简直就像癌细胞一样异常迅速地繁殖起来。为什么呢？因为我完全不具有足以反驳的理论根据——不能说“没那回事，我并非不适合墨西哥的人”。我只是像塞劳小说中的女孩那样，以就是想看看它、就是想摸摸它这一单纯的理由去了“那里”来了“这里”，是“想去墨西哥那地方看一眼”这一简单的心情把我带到了这里。

不过，这样的回答（无论回答得多么真诚）大概是不顶什么用的。我想，恐怕需要更有说服力的回答。在墨西哥旅行期间我始终有这样的感觉。事实上我在墨西哥遇到的外国人大多具有自己此时、如此置身于墨西哥的明确理由。居住在墨西哥的理由，游览在墨西哥的理由，为墨西哥这个国家所吸引的理由。有人为阿兹台克和玛雅文化及其遗迹如醉如痴，有人为墨西哥的美术心往神驰，有人对墨西哥的自然风物一往情深，有人为墨西哥人之所以为墨西哥人的墨西哥性深深折服。某种美国人将墨西哥作为同某种美国性相对立的存在加以把握，某种日本人将墨西哥作为同某种日本性相对立的存在予以解读，他们讲述墨西哥时带有一种特殊的眼神。每次遇上那些人，我都强烈而深切地认识到自己身上日本意识的缺失，甚至产生类似愧疚的心情。在这个意义上，墨西哥未尝不可以说是个奇妙的国家。

我开始认为，这个国家有可能在护照和观光卡以外，要求入境者提供某种有明确目的的东西，那是能够用语言表明和说服他人的明确目的，例如说一句“好的，明白了，原来你是为此来这里的”，而后“砰”一声盖上印章。如果解释说“不不，我是想看各种各样的东西，不管哪里都要亲眼看一看，不看怎么知道是什么样的”，在这里几乎是无法让人理解的。当然，如果是乘喷气式飞机前往阿卡普尔科和坎昆等旅游胜地游泳三四天后直接返回，那样的旅行另当别论，而像我这样花上一个月时间慢慢观看寻常的墨西哥，这样的旅行势必需要提供更加明确的理由。

不过，并非自我辩解，我的人生——我想也不仅仅限于我的人生——是由无限偶然性大量堆积而成的。一旦越过人生某个点，我们就可以在某种程度上把握其堆积体的模式，从那一模式中觅出某种个人含义。而且，如果我们有意，我们还可以将其命名为理由（reason）。然而，纵使那样，在根本上我们还是要受偶然性的支配，还是不能超越其领域的疆界——这一基本状况不会有所改变。无论学校老师提出多么富有逻辑性和整合性的解释，理由（reason）这玩意仍然不过是针对本来无形之物的、勉强捏造出来的临时性框架罢了。那种能够诉诸语言的某物又有多大意义呢？真正有意义的，难道不是潜伏在无法诉诸语言的东西里面的吗？但是，我踏入墨西哥这个“场”、呼吸这里的空气后所首先感觉的，乃是某种无奈——即使说出来也肯定不适用于这里的无奈。

来之前看过墨西哥作家写的几本书，那时我就隐约感觉到了这点。我看的是（或者想看的是）帕斯[①]的《孤独的迷宫》和富恩特斯[②]的《我爱的外国佬》，但哪本都读不到一半

① 墨西哥诗人、评论家（Octavio Paz，1914—1998）。1990年诺贝尔文学奖获得者。
② 墨西哥小说家（Carlos Fuentes，1928—　）。

就扔开了。作为读物没什么趣味固然是个原因（自不用说，这些书的文学价值因为我觉得没趣而减少的可能性无论在何种意义上都不存在），但同时也是因为我半叹息着认为“那或许是那么回事”。他们在那些书中写的，说到底，在我看来不外乎是重复同一事实，即“这是墨西哥，这是墨西哥人，这是墨西哥，这是墨西哥人……”旅行前一一看这东西，旅行岂非无从谈起了！老实说。而且，假如墨西哥这个国家果真要求本国的文学和文学家作如此切实的自我规定、自我解析，那未免也太不像话了，我觉得。

※

最初十天我是独自旅行。我从洛杉矶乘飞机抵达太平洋岸边的旅游城市巴亚尔塔，再从那里乘大巴沿着海岸前行，在瓦哈卡这个内陆城市同驱车从美国本土赶来的摄影师松村映三碰头，之后两人结伴旅行。看望住在墨西哥的父母的阿尔富雷特·伯恩巴姆也在大约十天后加入进来。阿尔富雷特操一口流利的西班牙语，作为我真是求之不得。

但反正开头十天时间我是独自旅行的。回想起来，背着背囊独自旅行实在是久违的事了。学生时代常这样旅行来着，婚后也常和老婆两人背着背囊旅行。但某一天老婆向我宣布：我也上年纪了，再不能、也不想这样旅行了！往后我想住像样的宾馆（有淋浴用的热水，卫生间有抽水马桶，铺着没有跳蚤和虱子的正规床单），再不愿意背着十公斤重的背囊，从公共汽车站走到火车站了。毕竟体重只有四十二公斤！是的，她说的是有道理。就那种旅行来说，我们是多少上了年纪，再说做那种穷酸旅行的意义也不复存在了。因为现在不同过去，又不是没有钱。

自那以来，我们便不再背背囊，而是提着 SAMSONITE 旅行箱，租用中型小汽车，住着不很差的宾馆，在不很差的饭店里吃饭，给行李工和女服务生不算少的小费——如此这般开始了世间普通的旅行。旅游指南也告别了面向斯巴达式学生的《LET'S GO》系列，而拿起了例如米其林那样的多少像样的版本。这未尝不可以说是人生的一大转换，也许你会称为**堕落**。但不管怎样，年过四十以后，至少在旅行方式这点上，我们大体成了成熟的大人。

可是这回，惟独最初十天我实行的是过去那种贫穷的背囊旅行。在巴亚尔塔机场下飞机背起背囊之时，坦率地说，我不由心生感慨：噢，就是这样的！其中确有自由的感觉。

那是挣脱“自己”这一立场的自由，挣脱一种职责的自由，挣脱经年累月形成的自我自身的自由。这种自由感包含在我肩头背囊的重量之中。放眼四周，认识我的熟人一个都没有，我认识的人也一个没有。我所携带的全部装在背囊里，能称为自己所有物的仅此一件。

我带来了新买的随身听和几盒磁带，以便旅行路上听。也带了几本书。因为我无从判断在墨西哥旅行时想听怎样的音乐，所以从所有种类中大致拿了几盒塞进背囊。B52’S带来了，克拉伦斯·卡特带来了，斯坦·盖茨带来了，塞隆纽斯·蒙克带来了，凯思林·巴特尔的莫扎特带来了，巴赫的平均律带来了，“南天群星”和井上阳水也带来了。但其中最想听的，无论怎么说都是从CD辑为九十分钟磁带的纳尔逊精选歌集。希望不要因为我一边在墨西哥旅行一边听纳尔逊的老歌而指责我，希望不要认为我村上是个没有思想性的、往后看的、以怀古为情趣的作家（弄不好是有这个可能，但希望不要把这篇文章都牵连进去）。我之所以一直听纳尔逊的磁带，说实话是因为旅行期间一直在看纳尔逊的传记。

倒是同墨西哥旅行几乎无关，可这本书极为有趣，看得我相当投入。众所周知——也许并不周知——纳尔逊作为热门电视节目“快乐的纳尔逊”（日本也在星期日中午由 NHK[①] 播放）的儿童角色，从懂事时起就赢得了全国性人气，走上歌坛之后成了直追猫王埃尔维斯·普雷斯利的超级走红歌手。不过，他对于自己仅仅被视为英俊的偶像歌手这点常常怀有不满，而始终认真追求着音乐的阅历。在甲壳虫出现前后的 1960 年代，音乐风潮急剧转向，纳尔逊的人气发生下滑，即使在那以后，他也在默默追求着自己的拿手节目，坚决拒绝作为老歌歌手站在公众面前，为此在麦迪逊广场花园举行的音乐会上受到数万观众的谩骂。他便是那样顽固地拒唱往日走红的歌曲，纵然有此遭遇，他也并不妥协。他写了《花园晚会》来寄托那种炽热的情怀，他在歌中这样唱道：“如果除了回忆无歌可唱，我宁愿当卡车司机（If memories were all I song, I'd rather drive truck）。”《花园晚会》畅销一百多万张，纳尔逊于是重放光彩。

尽管重放光彩，但也不可能一切大功告成。现实人生不同于好莱坞影片。现实人生乃是恼人的每况愈下的行程。纳

① 日本广播协会之略。

尔逊后来被离婚问题及由此带来的财产纠纷搞得心力交瘁，最后死于飞机事故。生前他对朋友这样说过："有两种死法我不愿意碰上，一是空难，一是火灾。"然而在乘私家飞机时，机舱起火把他烧死了。死时，他剩下的惟有债款。

在墨西哥旅行时我看的就是这样一本书，同时倾听可怜的纳尔逊在一点都不可怜时唱的无数天真烂漫的走红歌曲。

不过，在墨西哥乘大巴旅行途中听音乐不是一件简单事。因为墨西哥的大巴不存在安静这一因素，里面几乎百分之百播放墨西哥音乐，而且不是马马虎虎的音量，而是大音量，震耳欲聋。所以，随身听的耳机往耳孔塞得再深，我要听的音乐中也还是有墨西哥音乐混进来。起初我尽可能把意识集中于"我的音乐"，但听到半途被迫作罢，只有躺在海边或步行时才听磁带。

这对我来说是个大大的误算。因为我原本计划在每天长达五六个小时的大巴行驶时间里随心所欲地听喜欢的音乐，极为乐观地以为这样一来，长时间的大巴之旅能变得容易忍受，岂料这番谋划转眼便一败涂地。五六个小时里，进入我耳孔的全是持续不断的墨西哥民谣：铿锵铿锵铿铿锵铿锵铿锵铿铿锵、泰基埃罗、米亚毛尔、铿锵铿锵铿铿锵。或许你说那也没什么嘛，不是说入乡随俗么？把当地音乐作为那里的存在之物好好受用不就行了！也许是那样吧，我起初也是那么认为。可是我要说，一天六个小时不得不听不明所以的墨西哥民谣，正常人无论是谁脑袋都要出问题。比如乘新干线从东京去广岛，车厢老是用大音量播放演歌①（或者皇后合唱团②），你不认为自己会不胜其烦？至少我会。若真如此，绝对不乘什么新干线。

在墨西哥，对于想从此地移往彼地的人来说，最要命的问题是几乎除了大巴别无移行手段可以选择。铁路经过的地方有限，且安全和准时也相当成问题。所以只能乘大巴。而且——这是我在墨西哥一直乘大巴旅行的实际感受——能够好端端地乘上大巴都必须认为是幸福的。如此这般，我每日都不得不听那墨西哥民谣。没有任何选项。每次乘大巴我都对天祈祷，愿车内音响发生故障。佛陀也好圣母马利亚也好夸察尔科亚特尔（墨西哥的古神）也好——无论哪个我都对

① 用日本传统唱法表演的歌曲。

② 英国的摇滚乐团，其歌曲广泛运用日本的电视主题歌等。

之祈祷。然而车内音响绝对没出故障。这——这个也想大声说出口来——在墨西哥纯属奇迹。墨西哥很多东西都常出故障。一辆大巴冷气出了故障，热呀，热得差点儿晕过去。又一辆大巴椅子靠背倒下去就再不起来了，我必须摆出接受牙医治疗那样的倾斜姿势并保持好几个小时。车窗怎么也打不开或关不上。有一辆大巴几乎没有物件不出故障，喇叭按不响，窗户关不上，仪表一个也不灵。这不是夸张，实际上无论时速仪还是燃油表全都死得利利索索。然而，惟独车内音响还是引吭高歌。虽说声音差劲，歌词差不多都听不清了，但音乐的确响个不停。见此情景，我终于死心塌地了。在这个奇妙的国度，纵然所有机械都呜呼哀哉，所有理想和革命都寿终正寝，车内音响也将因某种奇妙的理由而长生不死！

这么着，我放弃了所有希望，将墨西哥民谣作为“那里存在的东西”接受了下来，如同接受灰蒙蒙的空气、死皮赖脸的蚊虫、石块一般又大又硬的硬币（足以毁掉所有钱夹和衣袋）、印第安小贩以及食物中毒那样。

惟独车内音响因某种奇妙的理由长生不死，我这样写道。但这类似一种修辞，其实墨西哥的车内音响所以不死，自有其相应的明确的理由。那就是：因为墨西哥司机和乘务员无比热爱墨西哥民谣。无论发生什么，他们都要让音响好好存活。想必他们为此使用了想得到的所有手段，付出了所有的牺牲。有的人上车时不胜怜爱地抱着手提包，最初我以为装的是某种业务需要的贵重物品，后来才知道是盒式磁带便携箱。一盒磁带转完，便小心翼翼地取出下一盒插入。箱里我想装有二三十盒磁带。估计他们一天也好两天也罢，反正就是要一刻不停地听这音乐。我也喜欢听音乐，但没那么大的干劲。沉默偶尔也是需要的。然而对这些人来说，所谓沉默就是必须由墨西哥民谣热烈地填满的未完成的空白。这么着，一如墨西哥所有的白墙都被信息、广告涂抹得满满的，墨西哥的沉默也被欢快的墨西哥民谣填塞得风雨不透。

大巴有形形色色的人上来。有带玛切提（砍山刀）的印第安农民，有去镇里购物回来的老婆婆，有看样子赶去某处工地的务工者，有肩扛货物的商人，有因某种理由正从 A 地赶往 B 地的父子。只是，在我乘坐的大巴线路上可以说全然没有见到背囊外国游客。没看见的不光是外国游客，更少的是属于中产阶级的墨西哥人。我坐的大巴上，只看见一次——仅仅一次——衣装得体的墨西哥人。混在印第安人、农民、乡下老伯和老婆婆中间，那位绅士（或者不如说给人的感觉也就是普通的都市生活者）看上去确实特殊。因为之前我在大巴上遇到的总的说来是接近底层的墨西哥人，所以这次才在视觉上深切感到墨西哥真是个分明的身份社会。那人头戴巴拿马帽式样的帽子，身穿泛白的上衣，看一本硬皮书。我用一塌糊涂的西班牙语同乘务员说话时，他插进来用英语中规中矩地翻译（在墨西哥，会讲英语是身份象征，他在翻译方面都很热情）。三十分钟午休时间里，仅有他在餐馆吃像样的鱼，众人（包括我）只是喝着冷水、“咯嘣咯嘣”嚼着面包或炸薯片充饥。

大巴也有叫人害怕的人上来：军人和警察。从一个叫库尤特兰的海滨小镇（位于曼萨尼约稍下一点）前往同是海滨小镇的普拉亚·亚思尔（位于拉萨罗·卡德纳斯稍微偏西的位置）的半路上，“扑通扑通”上来四个警察。我们在岭上的“山顶茶馆”休息二十分钟，或喝冷饮或去厕所，正要出发时他们风风火火赶来了。警察全都长得牛高马大，晒得黑黑红红的，头发剪得很短，戴着深色太阳镜，身穿防弹背心，而且腰挎大号自动手枪，端着 AK47 自动步枪，种类截然有别于那一带的普通警察。他们看上去分外剽悍，分外训练有素，衣袖带有“联邦警察”（估计）字样。

四个警察中的两个在助手席和司机席后面占了位置。原来坐在助手席的乘务员被赶去后座。另外两人在车厢正中间的席位分坐左右。一个警察把自动步枪的枪口由下而上朝我一舀，说道：“那边去！”他毫无笑容，没有“对不起”，没有“请你……”仅仅用自动步枪的枪口略略朝上一指。我当然乖乖把座位让给他，提起行李退到后座。他要我的座位是因为那个座位容易使枪口隔窗瞄准目标。至于究竟发生了什么或即将发生什么，我完全蒙在鼓里。

乘务员到我身旁告诉我：“有可能交火，真那样就一下趴在地板上！”我的西班牙语诚然一塌糊涂，说到这种事却听得明明白白。我问：“是强盗（班迪多斯）?”对方低声说：“是，从这里往前一百公里左右时有出没。”总之，警察全副武装钻进大巴是静等强盗来袭。作为证据，坐在助手席的警察已脱去制服，只穿白T恤，一眼看不出是警察，以使强盗察觉不到埋伏。相隔一排坐在我前面的年轻警察在大巴穿过某个地点后（看情形那里有明确的界线表示“由此往前危险”）“咔嚓”一声推上自动步枪的弹舱，缓缓卸下安全栓，枪口对着窗外以便随时准确开枪。看表情就知这不是摆花架子的任务，脸色多少有些发青，尽管不热，汗珠却一滴接一滴顺脸流淌。

糟糕，形势相当严峻，我想，难怪地道的市民不坐大巴旅什么行。可是，我来墨西哥前看了好多旅行指南，哪里都没写到太平洋沿岸有武装强盗频繁出没。不错，是写了“偷盗频繁发生，贵重行李时刻不要离身”之类，但没发现关于武装强盗的记述，卷入枪战的可能性更是只字未提。

大巴沿着海岸在险峻的山路上行进。从这一带开始，风景渐渐带有热带情调。路两旁那种《地狱启示录》里出现的椰子树绵延不断，也有香蕉林横陈其间。路面越来越窄，越来越弯。除了不时闪现的印第安村落，几乎不见人影。见到的人都像万宝路香烟广告那样戴帽骑马。说起墨西哥，脑海里很容易浮现出阔边帽，但阔边帽除了礼品店基本上见不到，全都头戴万宝路样式的帽子。也有人照例腰挎玛切提（砍山刀），让人感觉正该是强盗出没之地。没有人的动静。哪里都能藏身。

以墨西哥为舞台的D·H·劳伦斯的《有翼的蛇》（我想还是译为《有翅膀的蛇》准确）中有关于被墨西哥强盗用砍山刀砍死的德国血统墨西哥人的情节，一瞬间我不由想起那个场景。

> 嚓！嚓！嚓！砍山刀毫不留情地砍进人的肉体的声响传来了，接着传来霍塞异乎寻常的声音："留命啊！留命啊！"霍塞叫着倒在地上——他被杀死了。
>
> （宫西丰逸译，角川文库）

被砍山刀砍死不是愉快的死法，这一点想必纳尔逊也会同意。

但最终强盗团伙没有出现。驶完一百公里，警察叫停大巴，下车。我前面的警察吁了口长气，锁上 AK47 的安全栓，擦去脸上的汗。无论对他还是对我都是漫长的一百公里。警察下车的地方停着两辆联邦警察的巡逻车，估计他们是从那里跳上其他大巴赶去"山顶茶馆"，再从"山顶茶馆"钻进我们的大巴车折回那里的。警察下车后，车厢里荡起释然的空气。警察在的时间里谁也没怎么说话，音乐声也到底变小了。

几天后乘坐大巴由锡瓦塔内霍赶往阿卡普尔科，途中从车窗里看见了尸体或者极其接近尸体的形体。虽是一等大巴，但冷气装置坏了，加上我后面座位上一个小姑娘把午间吃的油炸玉米馅饼整个吐了出来，我只好打开车窗，半看不看地呆呆看着外面的景色。大巴左侧，一辆敞篷卡车追了过去。货厢里坐着四个男子，两人头戴工作帽样的东西，朝上竖起自动步枪（大概是美制 M16）分坐两侧，枪身在太阳光下闪着幽光。另外两人被手拿自动步枪的男子夹在中间，像刚捞上岸的四鳍旗鱼那样仰面躺着。这两人都光着上半身，闭着眼一动不动，或许睡熟了也未可知。问题是，那可是热得可以烤死人的夏日午后，天空一片云也没有，目力所及，所有生物都像热得昏昏沉沉不省人事，不可能在那样的地方酣然大睡，那样的话一定会烫肿或灼伤。

敞篷卡车追过我乘坐的大巴那十秒或二十秒时间里，我当真把眼睛睁得像盘子一般，定定地看着他们四人，但在我眼里，躺在货厢里的两个年轻男子只能像是刚刚死去的尸体。那姿势、表情、动静根本看不出意识的蛛丝马迹。假如他们是被捕的“活着的”罪犯，那么本该戴上手铐以防他们乱来或逃跑。而若不是罪犯，那么他们断不至于在晒得足可煎熟鸡蛋的卡车厢里悠然自得地享受日光浴。当然，因为没有走到近旁好好确认，我也没有那就是死尸的确凿证据。

由于事情太突然了，我只是呆愣愣地看着敞篷车消失不见，并且久久侧首思忖那到底是什么，毕竟锡瓦塔内霍和阿卡普尔科在墨西哥也是最有名且最有光彩的旅游胜地。

后来听人说（这种事一般都是事后听说的），锡瓦塔内霍和阿卡普尔科所在的格雷罗州在1970年代是以游击队老巢而闻名的地方，政府曾投入数万军队予以镇压。即使在政治骚扰勉强平息的现在，这一带好像还是有动乱的余波。沿高速公路有许多检查站，警察和士兵的身影随处可见，全都携带自动步枪。时不时同坐在卡车货厢里的警察擦肩而过。到处有兵营。从阿卡普尔科驶往埃斯孔迪多港的大巴，每次上车都用金属探测器检查，稍微大些的手提行李不能拿进车厢。就此发牢骚的德国游客受到相当粗暴的对待，大发脾气。只要从阿卡普尔科跨出一步，人们马上面对暴风骤雨般的“现实”。访问墨西哥的外国人只要住在锡瓦塔内霍、伊科斯塔帕和阿卡普尔科的宾馆里且钱使得到位，就会作为贵客受到礼貌接待，而在这些人工制造的热带乐园外面，只有无边无际的“现实”荒野铺展开去。

总的说来，阿卡普尔科是座可悲的城市。海被污染得不成样子，和图片全然不同。一游泳就得碰上垃圾。到处漂浮着炸薯片包装袋、报纸、塑料容器及其他莫名其妙的东西。宾馆住宿费贵得令人瞠目结舌，游泳池的水面上浮着一层闪闪发光的防晒油。游泳池旁边正在举办撕心裂肺的卡拉OK大赛，面色欠佳的瘦削的墨西哥主持人狂喊乱叫："好了，下一位是……从……来的……小姐唱……"路上挤满了出租车，一瞧见走路的外国人必定按响喇叭。物价高，商店的女孩极不讨人喜欢。多少开始磨损的幻想——这就是我对阿卡普尔科怀有的印象。

当然我的印象有可能是片面的、错误的，我无意把自己怀有的印象原封不动地强加于人，让别人也认为"阿卡普尔科是这样一个地方"。我写这篇文章不是这个目的。实不相瞒，我这个人较之坚固的，更是动摇的，较之恒常的，更是一时性的，较之正确的，更是不正确的。而且，这终归是"我的旅行"，不是"你的旅行"。我无权也没有资格把什么强加给你。何况，事物印象往往因何时看和以怎样的角度看而截然不同。如果有人怀着"阿卡普尔科实在好上天了，那般美妙的地方简直绝无仅有"这一印象返回（当然会有很多，毕竟年年岁岁有数十万游客蜂拥而至），那也无可厚非。我不认为那些人有错。人们为寻求各自的幻想前往某处，并将其据为己有，为此支出可观的款额，消费假期，那是他们自身的金钱、自身的时间，他们拥有将其据为己有的正当权利。

但是，在偶尔沿海岸乘大巴赶到那里、又沿海岸乘大巴离开的我这样的人眼里，很遗憾，阿卡普尔科这座城市仿佛只是一个开始磨损的幻想。也许是我在到达那里之前的途中已经相当真切地目睹了这一幻想是由何种因素提供结构性支撑的缘故。阿卡普尔科、锡瓦塔内霍、伊科斯塔帕或坎昆和加里布等海岛等等，它们乃是墨西哥提供的幻想、提供的“点”，但我们想用“线”把点与点之间连起来的时候，无论情愿与否，我们势必直面现实。而这些幻想和现实的差异，在这个国家相当——有时致命——之大。

不用说，我也是为寻觅我的幻想而旅行的。不带幻想旅行的人恐怕哪里都不存在。可我寻觅的那种幻想在阿卡普尔科未能得到。总之，事情就是这样，如此而已。

在阿卡普尔科，我看到了“死亡跳水”。本来没打算看那玩意，但我凑巧住在拉戈布拉达山上的一家旅馆里（海滨的旅馆太贵，于是冒着酷暑，不屈不挠登上坡路，总算找到一家价格合适的旅馆），在附近临海的公园里喝着啤酒纳凉的时候，跳水正好在我眼前开始，所以得以——虽说是偶然——在最好的座位观看跳水。记得很久以前，在猫王埃尔维斯·普雷斯利的电影里看过跳水。电影原名为“Fun in Acapulco”，日译名好像是《阿卡普尔科之海》，里面出现了这个跳水场面。电影公映时我还是初中生，埃尔维斯在里面唱《波萨诺伐婴儿》（Bossa Nova Baby）。虽名《波萨诺伐婴儿》，但歌曲旋律压根算不上波萨诺伐，而像是把桑巴和马里亚奇[1]凑在一起的什么玩意儿。电影本身——情节已全然记不得了——也是一场闹剧。这也罢了，反正我是在那部电影中第一次看到所谓死亡跳水。

老实说，实际在拉戈布拉达山上（碰巧）观看的那场“死亡跳水”，其中几乎不含有比我从猫王埃尔维斯·普雷斯利的电影中所理解、所了解的更多的东西。场面同电影中的毫无二致。我惟一的感想是：噢，和电影一样！总之，我是赶到墨西哥来，把差不多三十年前在神户一家电影院银幕上

① mariachi，墨西哥乐队。主要演奏带有乡土气息的流行音乐。

看到的东西通过现实重新感受了一遍。觉得好像顺序颠倒了，但实情就是如此。那里面没有激动，惊叹也谈不上多少。一没觉得“噢到底是真东西有冲击力”，二没心想“什么呀还是电影上的更有刺激嘛”，只是认为“到底和电影一个样”。如此一想，甚至觉得自己此时置身此地（在晚风吹拂中喝着 DOSE ESSENCE[①] 观看“死亡跳水”）一事本身既是现实的又不是现实的。即使猫王突然在此现身唱起“波萨——诺——伐……”也没什么不可思议，我始终有这样的感觉。怎么说呢，那是一种应当受到细心爱抚的幻想。我并不是说那个架式不外乎是普通旅游景点的一种表演。其中当然有不可预料的危险，而且要求跳水选手具有超常的体力、足够的勇气和沉着冷静的计算。然而我还是这样想：不可能失败，电影中都是得手的！我猜想，聚集在这里的大部分人恐怕也多多少少怀有同样的感觉。

只有一点和电影不同，或者说看电影是看不明白的。第一次表演，从悬崖上往下跳的选手不是一人而是三人，三名

① 一种添加香精的饮料。

选手从不同的位置按着时间差依次跳入远在眼下的大海。想必是考虑到光一个人跳时间太短的缘故，毕竟跳水本身是转瞬即逝的。看好三人全部跳完，我们陆陆续续离开公园。这“陆陆续续”之感同看罢“有趣倒是有趣，但情节和结尾基本不出所料”那类电影（如《007》系列和《洛奇》等）离场时观众的表现极为相似。

我们离开公园时，先跳水的两名选手已从海里上来了，身上还滴着水，就在出口那里向大家致意，一起照纪念相。他们笑容可掬，十分讨人喜欢，富于献身精神。在眼皮底下细看时，我最吃惊或者说最意外的，是他们其实就是那一带随处可见的普通墨西哥小伙子。

在探照灯照射下只穿一条游泳裤向圣母马利亚祭坛祈祷，或者站在悬崖边身体笔直全神贯注凝望虚空——刚才，我从对面公园远远看着他们的这一形象。从远处看去，他们仿佛是完全不同于我们的那类存在，是严格训练造就的英雄，是和我们不同世界的人。他们全身流溢着某种虔诚和敬畏，使我想起即将作为活人供品奉献给古代阿兹台克神的勇敢的士兵形象。或许的确是给游客观看的一项表演，但这另当别论，他们站在悬崖边为准备起跳而集中精神、调整呼吸的身姿，在我眼里却带有一种难以否认的光环。那浅黑色的肌肤在探照灯下闪闪发光，肌肉如钢铁一般坚硬，身材高大挺拔。

可是，同游客照纪念相的他们已彻底失去了那样的光环。他们的实际个头同我们差不多，长相也和在旁边卖冰糕的父兄没有分别。说到底，他们不过是圆满完成了旅游业赋予自己的职责的普普通通的青年，不过是一天从悬崖往大海跳入三四次并因此领取相应酬金的旅游从业人员。

我并没有因为近看跳水选手的真实形象而感到失望，只是当时这么想：这个在电影里怕是表现不出来的。

电影的确表现不出来这个。这是因为，较之现实的连续性，电影所追求的更是幻想的连续性。但我又想，将来回想阿卡普尔科的跳水场面时，大概只会是现实中不起眼的跳水选手的相貌——那带着黯然失色而缺乏自信的笑容，赤裸着湿漉漉的身体，同游客们一起照纪念相的（因此得到一点小费）作为体力劳动者的“死亡跳水选手们”。

虽然有所预料，但在墨西哥还是几次吃出食物中毒。

我说要去墨西哥，大家都劝我当心饮水和食物中毒。

“水是万万喝不得的。”众人异口同声道，“刷牙时一定用矿泉水，洗牙刷也要用矿泉水！”起初我倒是一一忠实照做的，但做着做着就不耐烦了，刷牙开始用自来水。管他呢，坏肚子就让它坏好了！我一改原来的态度。所幸在我身上总算没发生什么。当然，饮用水一直坚持用矿泉水。

但食物中毒到底没躲过，哪怕吃的是再普通不过的东西，迟早也要吃坏肚子的。总的说来就像俄罗斯轮盘游戏①，不是小心就能避免的。即使再小心，该中毒时也要中毒；而哪怕再随便吃东西，不中毒时仍不中毒。在海边“海之家”风味餐馆里吃烤虾后（倒是好吃得很）中毒一次，在破败不堪的宾馆餐厅吃晚饭后（这个不好吃）又中毒一次。事后想来，后一次问题好像出在通心粉色拉上，估计这类食物中毒的原因仅仅在于卫生管理。所以我想，如果住在旅游城市的一流宾馆，在一流餐馆里吃饭，应该不至于发生食物中毒问题，而只要离开旅游城市一步，往下就只能听天由命了。

一旦食物中毒，呕吐和泻肚就接踵而至或同时赶来。问

① Russian roulette，在转轮式手枪中装入一颗子弹，转动转轮后在不知子弹位置的情况下将枪口对准自己的头部扣动扳机。喻危险的游戏。

我呕吐和泻肚哪个痛苦我也答不上。哪个都够受的，一来二去二者的区别都分不清了。这东西大体持续六个小时。那时间里几乎起不来床。吃了抗生素类药物，但效果不大。只是吐，只是泻，只是躺着。到头来吐也罢泻也罢躺也罢，都让人烦得不行，甚至觉得没准就这么昏死过去了。罢了罢了，我可不愿意在这莫名其妙的墨西哥宾馆的莫名其妙的床上因为吃了什么通心粉色拉而一命呜呼。如此说来，莱蒙德·钱德拉的《漫长的分别》中，雷诺克斯就在莫名其妙的墨西哥城镇一家莫名其妙的宾馆房间里没命了——死了。好在他还有个朋友哀悼他的死，有个朋友为他喝吉姆莱特①。而我则不然。我死了，大家肯定在背后这样议论："村上春树何苦去哪家子墨西哥呀，这不，墨西哥那地方就是不适合他的嘛！有什么特殊理由让他非去墨西哥不可呢？真是不好明白。就算去了，也不该吃通心粉色拉泻肚泻死嘛，死法实在太惨了。何况，听说不就是上吐下泻吗？人就那么死了真是不值得，死法这东西可马虎不得啊！"

但不管怎么折腾，到一定时间身体总是彻底恢复，恢复

---

① Gimlet，一种鸡尾酒名。

了就继续旅行，旅行当中又因吃了什么莫名其妙的东西来了食物中毒。或许如此旅行几个月后，身体也逐渐健壮起来，小打小闹不再导致食物中毒。但遗憾的是，我没那么多闲工夫，等不到形成对付墨西哥的抗体就得返回国境以北。

十天时间里，又是不由分说的食物中毒，又是不屈不挠的墨西哥民谣，又是端着自动步枪的神情肃然的汉子，又是冷气出毛病的大巴，又是怎么踢（我真的使劲踢过）也全然无动于衷的如大象一般厚脸皮的加塞儿老太婆——在忍耐着诸多名堂独自在墨西哥旅行的过程中，我再次痛切地感到的只有一点，那就是旅行这东西在根本上是累人的活计。这是我身经无数旅行后悟得的绝对真理。旅行是累人的，不累人的旅行不是旅行。接连不断的情绪低谷，无数始料未及，无数事与愿违。淋浴的温吞水甚至不温吞了，吱呀乱叫的床，绝不吱呀的僵尸般硬的床，不知从何处一群接一群涌来的饥饿蚊子，不冲水的卫生间，没有水的厕所，令人不快的女侍应生，日甚一日的疲劳感，连连丢失的行李，这就是旅行。

连连丢失的行李……

实际上旅行当中我也的的确确丢了各种各样的东西。每次从某地赶去某地，都有种种物件一个接一个不翼而飞。我退房时要仔细确认有无东西忘掉。桌子抽屉（如果有那东西）、卫生间、床上，这些位置要一一检查。房间小，不至于看漏。确认没有任何东西忘记后才退房。尽管如此，还是有东西不断消失。到下一家宾馆打开背囊找什么，偏偏不在那里，那东西哪里也不在。

发梳、微型收录机（这是记录旅行用的，没有了极伤脑筋）、刮脸膏、蓝牛仔裤、皮带（这也是够头痛的）、眼镜（这也吃尽苦头）、眼镜盒、六百美元面额旅行支票（所幸美国运通卡第二天就补发了）、袖珍计算器、笔记本、地图、零币钱包、防晒油、圆珠笔三支、军用小刀……就好像这些物件分别寿命到期升天似的一个又一个悄然失踪。至于何时、如何消失的，我全然没有记忆。觉察到时，它们早已踪影皆无，倏地。倘若多少有某种自觉——如在哪里被谁偷了，忘在哪个地方了——我也能心怀释然，心想得得，以后好好留意就是。可是除去几个例外，甚至那样的自觉也几乎没有。那些物件简直就像仅仅、仅仅依据某种法则不断地消失而已。于是某日我死心塌地，放弃所有努力。

随它便好了，无所谓，努力也好不努力也好，反正东西就是要一个劲儿地消失。

这是一种豁达：这就是墨西哥，这就是置身墨西哥的意义。我必须把这种连续性失窃作为自然规律、作为宿命接受下来，必须默默背负它的重荷！

如此这般，我把永无休止的丢失作为自然规律、作为宿命接受下来。接受只能以噪音称之的墨西哥民谣，接受8月午后劈头盖脑的酷热，接受俄罗斯轮盘游戏式的呕吐和腹泻。这些使我疲惫，让我厌烦，但思考起来——不久我忽然心生一念——没准正是导致我如此豁达的这一程序、正是促使我将让我疲惫的种种事物作为自然现象默默接纳下来的阶段，才是之于我的旅行的本质。

我不得不承认这样的想法是相当极端的。为什么呢？因为疲惫这东西即使不远远跑来墨西哥，也是无论哪里都会找上门来。在东京也好在新泽西州也好都会轻易降临头上。可问题是你何苦特意跑来墨西哥找那劳什子呢？

对于这个提问，我可以用比较明晰的语言来回答。我何苦特意跑来墨西哥寻找疲惫呢？“若问何苦，”我将这样回答，“因为那样的疲惫是惟独在墨西哥才能得到的那一种类的疲惫，因为那是只有来此呼吸这里的空气和脚踏这里的土地才能获得的那一种类的疲惫。而且，这样的疲惫每叠积一层，我就向墨西哥这个国家多少靠近一步，我觉得。”说来奇怪，每丢一次东西，泻一回肚子，没赶上一趟大巴，有一个老太婆挤进队里，我都觉得墨西哥这个国家更深地渗入我心中一步，不是我开玩笑。德国有德国的疲惫，印度有印度的疲惫，新泽西有新泽西的疲惫。但墨西哥的疲惫乃是只能在墨西哥得到的那一种类的疲惫。

以此疲惫将彼疲惫相对化，以此疲惫辩证地超越彼疲惫——这是我一边用随身听听纳尔逊唱歌一边怅怅思考的一点。

从埃斯孔迪多港开往瓦哈卡的大巴中（翻越好几座崇山峻岭的这七小时路程即使以相当的好意来说也近乎上刑），遇到一个晒得黑黑的二十岁左右的日本小伙子。来墨西哥后遇到日本人还是头一次，自然这个那个和他闲聊起来。他说他是学生，在瓦哈卡进修语言，但很想看海，就在埃斯孔迪多港海边游了一个星期。“在大巴上睡觉可不行哟，”他提醒我，“高度变化太厉害，睡着了耳朵会出问题。”他是相当穷的旅行者，说付完回程大巴费，身上只剩下一百日元。所以到达瓦哈卡时，我请他在餐馆吃了顿午饭。“啊，说实话，已经两天没好好吃东西了。”他边说边大口小口吃着。目睹小伙子的神情举止，我不由涌起一股感慨：这么说来，以前自己也是这样。二十年前，我也曾这么旅行过，衣袋里只有几百日元，两三天吃不上像样的东西，由擦肩而过的什么人招待一顿饱饭。可如今，自己成了招待别人的一方。

归根结底，就算我背着沉重的背囊，浑身脏兮兮地到处苦找能少花一百日元的旅馆，就算再热、积劳再多、再苦于食物中毒，我恐怕也不至于饿得像这个小伙子那般切实了。旅行完了，我自有返回的地方，那里有为我准备的位置，有我要做的事。但过去不同。旅途中遭遇困惑，就可能一直困惑下去——某种内外交困的心绪总是挥之不去。话虽这么说，当时我旅行得还真不算少。早上睁眼醒来，想去哪里就径直出门，旅行个没完。大概我是在寻求那种“难免困惑”的旅行提供给我的类似幻想的东西。我想我是切实需要那样的东西。

或者，此时在墨西哥如此旅行的我，只是在重新仔仔细细地描摹十五或二十年前自己一度怀有的那种幻想也未可知，恰如拉戈布拉达的跳水选手为了描摹前来阿卡普尔科的几十万人的幻想而日复一日地从那悬崖上做危险的跳水动作并且每日做三四回。

这样思考的结果未免使人难过。这是因为，年纪越大、对那种幻想的认识越鲜明，我们获取的量相对于我们献出的量就变得越少，而且相对于我们怀有的大量疲惫，我们得到的幻想只是较少的一部分，这好比长期服用的药随着时间的推移而效果渐渐减弱。不过，虽然量比过去少多了，但此前见所未见的那类新的幻想也还是有的，只要小心翼翼睁开眼睛，一丝不苟地侧耳倾听，那些幻想至今仍能向我倾诉。在某种情况下，那应该是年轻时的自己所无法看到或即使看到也可能轻易看漏的东西。是的，如纳尔逊所唱："如果除了回忆无歌可唱，我宁愿当卡车司机。"

"嗳，记忆中你的长相在哪里见过。"分手时小伙子以想了很久的神情说道，"从大巴车上看第一眼起就一直在想：这人是谁呢，在哪里见过呢？但横竖想不起来。都想到这里了，却出不来。以前可在哪里见过我？"

"见没见过呢？"我说，"我也想不起来。也可能在哪里见过。"

做同样的梦的人们

旅程后半段，摄影师松村映三从新泽西州远远开车赶来瓦哈卡，开始乘他的三菱帕杰罗行进。虽然一天之中开车时间相当长，但比坐大巴舒服多了。“只是，”几个当地人一本正经地劝告我们，“天黑了绝对不能开车。记住，天黑之前无论如何要找地方住下！”

这一来，简直和在吸血鬼飞扬跋扈的特兰西瓦尼亚旅行无异，可是见到的人都这么异口同声地劝说。为什么天黑以后不能开车呢？因为荒郊野外晚上治安相当不好。吸血鬼固然不出动，但强盗出动。半斤八两。

“下落不明的人多着哩！硬让车停下，抢走钱财什么的，堵住嘴杀死，埋在什么地方。尸体很难找到。上次就有一家，连小孩都被杀了，尸体倒是碰巧找到了。半夜里把很粗很粗的圆木头死死地横在路当中，埋伏起来，开来的车一停就一拥而上。反正天黑后不能开车！”

这类作案故事大多是“这可是从某某那里听来的实际发生的事”之类的城市传说，但我因为坐大巴旅行时目睹了武装警察毫不含糊的执勤场景以及卡车上的尸体（估计），所以有了切身感受：这个国家发生什么都不奇怪！何况在陌生地方旅行，听从当地人劝告对于旅行者乃是铁的守则。于是我们决定总之天一黑就不再开车。总共开车行驶了三个星期，的确，在白天开车这一限度内一次也没遇上麻烦，只在瓦哈卡的夜里丢了纽约州的车牌。几个美国人忠告说“开车去墨西哥一定要带手枪或步枪”，但我当然没带，把摆弄不来的枪支带去只有增加麻烦。

同作案相比，在墨西哥实际困扰我们的更是TOPE。所谓TOPE，就是为使汽车减速而在人家附近筑起的隆起物，英语叫BUMP。总之全国星罗棋布。开到那里若不注意减速，就要“通”一声感受恼人的震动。问题是，道路本来就无可救药，哪里是TOPE哪里不是TOPE，很多时候看也看不明白。以为是TOPE而放缓速度，实际却不是；以为不是TOPE而照样行驶，却又正是。TOPE前面倒是立有标牌写道“前面有TOPE”，但其中也有没有TOPE标识的TOPE（没有

TOPE 的 TOPE 标识也有)，分辨十分困难。这样的 TOPE 一天之中要跨越二三百个之多，看都懒得看了。

我想，不做这麻烦东西而代之以在城镇入口竖起“减速”的标识岂不更好。可是在墨西哥，只看标识恐怕任何人都不会减速的（环顾四周的驾驶员，得到的强烈印象是：这家伙只瞧见标识是不至于减速的)。问阿尔富雷特·伯恩巴姆，他说：“噢，那个么，不但墨西哥，其他中南美洲国家也到处都是。”看来在中南美洲各国，这玩意儿是必需品。

TOPE 是隆起的人为障碍物，而反过来，塌陷的非人为障碍物也是有的——路面像布满奶酪窝似的到处坑坑洼洼。一级干线道路还没那么严重，但一离开墨西哥城，随着道路的降格，路况就一步步凄惨下去了，看情形估计是装载重货的大型卡车的震动造成的。擦身而过的卡车的确都装得满满的，满得令人难以置信（在墨西哥，物资大部分靠卡车运输)，而铺路的沥青并没有达到足以承受那等重量的标准。既然这样——我想——还不如一开始就别铺什么沥青，直接用土路岂不更好。问题是我怎么想都没用，事态当然不可能因此而发生变化。

我经过的道路，从韦拉克鲁斯到科尔多瓦的山中路段是再糟糕不过的，无论坑洼的数量还是深度都非同一般。在那种情况下，我们像电影《恐怖的报酬》一样小心绕过坑洼向前行驶，但由于坑洼数量太多，任凭怎么小心，有时还是要掉下坑去，其冲击不亚于TOPE的震动，实在让人不快。车也受损。我们是开剽悍的四轮驱动车来的，因此还算好，如果开的是保时捷或法拉利，我想车子马上就会解体。不过不至于开那种车来，随便说说罢了。

总而言之，我们便是在这无休无止的TOPE和坑洼的全程困扰下行驶在墨西哥的。我们所以没有夜间行车，较之害怕强盗，说不定更是因为实在受不了坑洼和TOPE的缘故。大白天都难以看清路况，天黑就更不用说了。

尽管道路如此肆虐，尽管存在很难说多么富于守法精神的那一类人，但我们毕竟能够以自己的意志在喜欢的时候行驶在喜欢的地方，这委实让人心里充满喜悦。如果你想在有限的时间里穿越墨西哥——尤其内陆——弄一辆车几乎可以说是绝对条件。墨西哥内陆的有趣之处，不管怎么说都在于外人不怎么到访的小村小镇，因为乘大巴很难顺路到达那样的地方。假如好容易找见大巴到了哪里一座村落——到了自然好——回程大巴起码要等两天，那也不是什么稀罕事。即使两天一班的大巴，如果哗哗下大雨（而且经常下）也可能开不来。若是时间多得打发不完的闲人，没准是一次有趣的经历，而对于此外的大部分旅行者，就不能说是多么现实的旅行方式了。

在瓦哈卡悠然休整四五天消除大巴旅行疲劳之后，途经太平洋沿岸美丽的海滨城市安赫尔，前往恰帕斯州的克里斯托瓦尔-德拉斯卡萨斯这个名字长长的小城。离开太平洋沿岸，转瞬之间就进了山里。看地图即可一目了然，从哈利斯科州到瓦哈卡州、恰帕斯州之间，沿海几乎没有平地，海岸线和山地紧挨紧靠着伸展开去。险峻的马德雷山脉在这一带差不多伸到了太平洋岸边。所以，刚才还在炎热的海岸游泳，等到回过神来，此刻已置身于凉冰冰的山中。反正一进山气温就骤然下降，景物也整个一变。植物种类变了，田里的庄稼也不一样了，人们的生活样式开始带有截然有别的景象，所见男女的长相也已不同。越往山里去，身裹独特衣服的印第安人的身姿越多，云絮低回，静静润湿着山体，让人明显感觉到自己走进了和刚才完全不同的国度。

恰帕斯的原住民是印第安人，至今这个州仍以维持强有力的共同体而闻名。他们讨厌同梅斯提索人（混血西班牙裔人）混合，近乎顽固地保持着自己的传统生活。这个地方成了他们同西班牙人、后来又同梅斯提索人长年浴血抗争的舞台，那种紧张的空气至今仍有剩留。

西班牙侵略者来到这里是1523年的事，转眼之间他们就以武力征服了原住民即印第安人，没收了其土地，作为奖赏给了士兵。士兵们为耕种那些土地而把印第安人不折不扣地当奴隶使唤。印第安人被迫从原来生活的村庄迁移到深山沟里的定居点，在那里被置于士兵们的严厉监视之下，被迫改信基督教并承担重税。

关于原住民印第安人是在何等恶劣的环境下被奴役的，这一点可以从其人口的锐减推断。西班牙人征服这里时，住在恰帕斯的印第安人数量约三十五万人，而在1600年竟减为九万五千人。西班牙人从旧大陆带来的传染病固然是原住民人口减少的一大原因，尽管如此，也减得太过份了。从中不难看出印第安人是怎样被当作“消耗品”对待的。

作为印第安人的朋友站起来说话的，是以巴尔特罗梅·德拉斯卡萨斯为首的基督教传教士。他们保护印第安人，向西班牙本国强调印第安人的悲惨处境，终于促使奴隶制度的废除得以实现。这是1550年的事。克里斯托瓦尔-德拉斯卡萨斯（由于名字长，往往略称德拉斯卡萨斯）便起因于他的名字。

问题是，虽然奴隶制度废除了，但印第安人所处的实质性隶属状态并没有出现多大变化，致使他们定期举行叛乱。1712年，一位采尔塔尔族少女做了一个梦，圣母马利亚出现在她的梦中，告诉她说只要拿起武器反抗西班牙人，就会给印第安人带来希望。于是他们拿起了武器，随即遭到了残酷镇压。1869年，佐齐尔族村庄出现了名叫“皮埃德拉斯·阿布兰泰斯（会说话的石）”的三块奇石，深受当地人尊崇。不久，奇石——那是“黑曜石”，看上去会说话——向人们说：举行叛乱，收回自己的土地！结果发生了大规模的叛乱，但同样被军队镇压下去，其间有数量极多的印第安人惨遭杀害。

即使现在，那样的紧张状态也绝未消除。恰帕斯州近一半的土地为相当于人口百分之一的梅斯提索人地主阶级所有。他们控制着经济、政治和警察，有的甚至拥有私家军队。印第安人活动家掀起的土地返还运动被他们以强大的力量扑灭了。大赦国际公布说，迄今已有二十名佐齐尔族活动家遭到暗杀。

我之所以就这个州的历史写了这么多，是因为若不了解这样的历史过程，便几乎不可能在旅行当中理解那里的情况。恰帕斯是被历史践踏的、被以武力侵占的地方。那里是贫困的，充满矛盾和悲伤。只要踏入一步，旅行者即可清楚目睹。其贫困或许不能称之为压倒性的，但也相当严重。据说恰帕斯还有一多半人口过着没有电气的生活。恰帕斯不是没有发电站，河流上也有像样的大水坝。但是发电站发出的电大多送往其他州，而把恰帕斯人生活的地方丢在一边。不妨说，人种间根深蒂固的对立、财富的绝对不均这两个困扰墨西哥的大问题在这里以最显著的形式表现出来。

可是这方土地好像有一种东西超越了如此严重的问题而震颤人的心灵。悲伤中有美丽，炽烈中有平静，贫穷中有某种心情。这么写起来好像措辞有些奇妙，但实际去那里呼吸一下当地的空气，可能就会明白我所写的。这次旅行转了墨西哥各种各样的地方，但没有哪里给我的印象比恰帕斯更强烈。其结果，我们在此停留的时间超过了最初的安排。

克里斯托瓦尔-德拉斯卡萨斯是一座沉静而美丽的城市，海拔二千米以上，夏天也很凉爽，要穿外衣。温润的空气中，有着涂漂亮颜色的房舍的街道伸向远处，依然保留着殖民地时代的华丽。无论拍摄哪里，其情调都可直接成为一幅明信片。说起墨西哥的城市，几乎所有外墙都整块是花花绿绿的广告板，但这里不同。大概有什么规定吧。

瓦哈卡地方虽也十分漂亮，但由于至今仍实际上承担着州首府的职责，故而车多、人多、空气差，没办法安安静静散步。感觉好的安静地段惟独限制车辆驶入的索卡罗（中央广场）一角。相比之下，德拉斯卡萨斯从来就不是州的首府，现世职责已经放弃，只是作为历史城市隐居式地悄然存续下来，所以感觉上恰如飞驒[①]的高山，许多东西都保存着往昔面貌，和古都这一称呼十分相称。顺便说一句，恰帕斯州现在的首府是名叫图斯特拉-古铁雷斯的大城市，因日程关系我们无奈地住在了那里，但如果可能，真想争分夺秒逃出来，说热闹也好什么也好，反正就是人多，又脏又吵。想

① 日本城市名，位于岐阜县北部。江户时期为幕府直辖地。因其格局和山川风物同京都相似，故有“小京都”之称。

必乱糟糟的现实因素都一股脑儿投在了这里，于是安安静静漂漂亮亮的德拉斯卡萨斯另存了下来。京都也最好把政治和经济功能在某个阶段迁往别处，不过这话现在再说也没什么用了。

总之，德拉斯卡萨斯是让人觉得多住几天也无妨的少数墨西哥城市之一。以我个人印象来说，墨西哥城市大体可分为两类，即“嘈杂的城市”和“凄凉的城市”，几乎没有介于二者之间的。但克里斯托瓦尔-德拉斯卡萨斯是个例外，既不嘈杂又不凄凉。人口大约五万，规模正适宜居住。散步散不够，够品位的餐馆和咖啡馆也有。若在这里住上一个月，好像可以心情愉快地写出小说，我觉得。

来这里的人最先觉察到的，恐怕是印第安人的数量之多。当然，就人数而言瓦哈卡也不少，但这里的印第安人同瓦哈卡见到的衣着普通的“现代化”印第安人不一样，至今全都身穿一如从前的民族服装，保持着被西班牙人征服之前的风习。服装颜色每个部族各有不同，哪一种都非常艳丽，用的是自然布料，且以传统自然染料染成，所以即使远看也有一种韵味，让人心怀释然。身着如此粉红色深蓝色黑色红色等五颜六色服装的印第安人在同样涂得五颜六色的街道上足不出声地——因为他们大多光脚——静悄悄往来穿行，光景煞是好看，给人的感觉好像在说事情本来就应这个样子。尤其是清晨和黄昏时分的情景，确有一种什么在抚慰人的心。

这些印第安人大部分不住在城区。他们住在德拉斯卡萨斯近郊各处的共同体即村落里面，一大早乘大巴或步行进城。卡车拉着二十几个印第安人早接晚送的情景也常可见到，至于是谁组织那类卡车则不大清楚。反正他们每天早上来德拉斯卡萨斯“上班”。住在德拉斯卡萨斯城里的印第安人，大多情况下是出于某种原由——一般是宗教性对立——被赶出共同体的人们。印第安人都是为了卖什么东西才集中进城的。妇女和儿童们背着自己做的工艺品和衣服赶来，男人们来卖蔬菜、水果和其他种种工艺品。街上到处是热闹的市场，这点也同飞騨高山的感觉有些相似。

卖东西的大半是妇女和儿童。在广场和教堂前的市场里有自己摊位的人，坐在那里摆开物品一直卖到傍晚，没有摊位的印第安人妇女和儿童一整天满城里走来走去，看见游客模样的人就凑上去说“喏，买这个”。一般说来，她们开的价钱比市价多少便宜一点儿，但讨价还价要花不少时间。一到傍晚，她们就收起东西各回各家。

黄昏时分，常可见到结束一天买卖的印第安人静静坐在电器品商店前面的情形——他们出神地盯视橱窗里正在播放的彩电屏幕，那时间里一句话也不说，不发表意见，不笑，全身一动不动。仿佛所有人都被电视迷得魂飞魄散，真可以说是神奇的入魔场景。

不错，昭和30年代①日本也有街头电视，人们聚在那里愣愣地张着嘴注视电视荧屏。那一时期注视街头电视的日本人所感觉的，大约是对新奇玩意的好奇心和向往，其中有着新科技改变时代、改变生活那种微热的兴奋。人们在广场上或多或少共同怀有那样的情感。但在德拉斯卡萨斯电器品店前面，我见到的印第安人的表情里丝毫没有那种成分。印第安人简直像做梦一般静静、静静地看着电视。当然，他们是因为贫穷根本买不起电视才站在（或坐在）那里看的，不过从他们身上感觉不出贫穷的阴影，没有贫穷派生的凄惨、扭曲和自暴自弃。他们就好像坐在那里做着个人的梦，也像是

① 相当于1955—1965年间。

彻底进入了一时性的恍惚状态。

我们走出克里斯托瓦尔-德拉斯卡萨斯，首先访问的近郊印第安人村落是锡纳坎坦（Zinacantan）。沿着狭窄崎岖的山路好不容易开到那里。我们说“还是开帕杰罗才能来啊”，其实并非如此。原来我们走的是旧道，另一侧就有铺得平坦坦的好路。这个村落也是因为距德拉斯卡萨斯仅十一公里的关系，道路和学校设施看上去似乎相当齐备。空荡荡的村落正中建有一座崭新崭新的小学校舍，给人的印象有些异乎寻常。

西班牙征服者到来之前，锡纳坎坦村民的主要工作是在后期玛雅文明的守护下进行交易。他们在危地马拉至北部阿兹台克帝国的辽阔地域建立了交易网，运送和买卖各种各样的生活必需品和贵重物品。锡纳坎坦当时驰名全国，人们只要听到名字便高看一眼：“嗬，是锡纳坎坦人！”时至今日，那种昔日辉煌的面影在这山谷间的小村落里已全然无从觅得，不过是普普通通的印第安人穷村子罢了。社会状况由于西班牙人的出现而风云突变，使锡纳坎坦这块土地及居住在这里的人们失去了自己的声音，彻底湮没在历史之中。

但仔细想来，湮没他们的历史不过是若干并存的历史性假说中的一个，其中应该同时存在一种有别于忘却他们的正规历史（我们在学校学习并作为知识获得的一般性历史）而通过他们的眼睛绵延不绝的“另一种历史”。那“另一种历史”恐怕至今仍在肉眼看不清的场所、在不以明确形式出现的事物中悄然而又顽强地跳动着——我坐在锡纳坎坦村的场院里漠然打量四周景致、耳听祭祀烟花声音的时间里，不由生出这样的感慨。

纵使曾经的现世荣光失去了，纵使西班牙人夺走了祖先的土地，纵使自身长年沦于隶从地位，而且古来的宗教也被强行剥夺了——或者不如说正因如此——住在这里的人们看上去还是没有失去其曾经作为精神磁场予以信赖的、深深植根于此的充沛想像力。恐怕正因为它是眼睛看不见的无形之物，所以才超越所有压迫而生生不息。那种强烈的共同体意识使他们拒绝同外部打成一片，使他们历经了近五百年的西班牙人征服，却明确保持着作为部族的同一性（identity）。我觉得那就是他们的“另一种历史”。在这块土地上，时间似乎超越了我们的想像，彷徨着缓缓流淌。

罗伯特·罗林写的《蝙蝠人》（锡纳坎坦人曾将蝙蝠视

为守护神加以崇拜）那本书，向我们传达了锡纳坎坦人这种鲜明而坚定的世界观，发人深省。其中介绍了这样一桩趣闻：1969 年，一个少年在梦中听得一个神谕——“俯视湖水的山上埋有一口大钟，你要把它挖出来！”梦中，古代的神把他领去那个场所，告诉他就埋在这里。少年以自己的双手怎么也挖不出来，遂去村落长老那里寻求帮助，讲出了梦中的神谕。长老找到巫师，请教从少年口中听到的神谕是否属实。巫师经过繁杂的手续，认定神谕是真实的。随即开始挖掘。尽管正值玉米收割时节，忙得不可开交，村民还是一个也不少地手持铁锹聚集在那座山上，击碎石灰岩坚硬的岩盘往下挖洞，连续挖了两个星期。从结论说来，遗憾的是没挖出钟。留下的只是一个十多米深的颇为壮观的大坑。

所有的锡纳坎坦人对这样的梦都怀有极其强烈的兴趣，在某种情况下（例如某个梦有可能影响共同体命运的时候），梦不再是个人的梦，而成为整个共同体共有的梦。在那样的场合，巫师便向共同体提出建议，村民们同心协力予以实现。那样的事现在还有，人们戴着卡西欧表，提着收录机走来走去，然而他们至今仍做着作为共同体的梦。

此外，这里的人们出于宗教原因坚决拒绝照相。在锡纳坎坦附近一个叫胡安·查姆拉（San Juan Chamula）的村落里，几年前村民亲手杀死了两个在教堂内部照相的游客。这也可能照例是“从某某人口中听来的实际发生的事”，但各种旅行指南书都有记载，说不定实有其事。而且实际去查姆拉村时我感觉到：实有其事也好没有也好，反正发生那样的事没什么奇怪。

问题是搞摄影的松村君因为照相是他的生计，没法说一声“明白了不照好了”而作罢。一如这里出现的[①]，他以村里人为对象着实照了不少相，以致吃了不小的苦头，或被掷投石块或被殴打。我看不下去，劝他悄悄躲起来拍照。他摇头道：“不不，春树，相这东西要迎面正照才行，悄悄躲起来照是卑鄙可耻的。”

松村君之所以坚决拒绝偷拍，其实是因为他在一家摄影周刊工作了好几年，偷偷摸摸拍照已经拍腻了。所以，死活再不肯偷拍，这已成了他的信念。“扔石块还算好的，上次去非洲照马赛人的时候，还给枪托打得去了医院。相比之

① “这里”指书中的照片（原书有照片）。

下，这还算好应付的。”

既然他这么说，我也只好说“是吗，那就小心拍去好了”。不过松村君的确吃了苦头，我从旁看着都很不忍。他一照相，周围的人就把各种物件扔过来，而且频频击中目标，不偏不倚正好打中脑袋，简直像每天都在练习对着什么目标投东西似的。我真担心他一来二去因此丧命。摄影师这活计可不是好玩的。小说家还算好，文艺批评家（我又提起来了）也不至于有真石块打来。

但看样子松村君到底切实感受到了生命危险，几天之后终于委曲求全，用床单挡住车窗玻璃，从缝隙里偷偷拍摄。毕竟训练有素，这样一来——这么说或许不好——效率实在快得很，质量也好，令人叹为观止。虽说不该对此招术表示敬佩……

每次进入印第安人村落，我都尽量离开松村君行动，以免受其连累。我又不拍照，若有石块抛来可吃不消。我做出不认得此人、此人与我不相干的神情，尽可能在别人看不见的地方做笔记或画几笔速写。人们讨厌被拍照，但速写则不放在心上。像这次这样带着写文章任务的旅行，有时是需要做视觉记录的，那种时候一般用傻瓜相机三下两下拍摄下来，但这里是难以使用照相机的地方，只好画上几笔。画画决不是我的拿手戏，不过坐在教堂石阶上慢悠悠地勾勒周围人所穿衣服的颜色样式，感觉非常不坏。在这种场所，时间的流逝较之照相更适合速写。

不过，并非所有印第安人都讨厌拍照。在查姆拉，表示给钱的话但拍无妨的女孩也不算很少。那是卖东西的女孩，我说东西不要，“那就照相好了，一千比索”。一千比索换算成日元为四五十元，能买四个果酱面包。甚至有母亲主动领着小孩来要求拍照。差别当然因人而异，总的说来，对于拍照的抵触情绪，好像小孩比大人少，女的比男的少。在印第安人村落，多是女孩以游客为对象卖东西，所以在某种意义上她们比男人更现实、更为深切地同货币经济打交道。可是，如此用钱换来的拍照又有多大意思呢？想到这里，心情多少复杂起来。

如果你有机会来恰帕斯的印第安人村落，恐怕还是把照相机放在什么地方，沉下心来悠悠然来个速写什么的为好。技术好坏另当别论，反正这样惬意得多，可以顺利地同村民打成一片，心情也比偷偷摸摸拍照或被投掷石块好出几倍。

锡纳坎坦在为一位名叫圣托·奥塔博的圣人举办祭祀活动。规模不很大，没有庙会，人们也没聚集，只教堂的院里有乐队演奏，还放了烟花。教堂大院有一座双层凉亭模样的建筑物，二楼成了舞台。乐队在那里并排演奏祭祀音乐：小号两把，萨克斯管两把，乐号两把，土巴号一把，加上鼓。乐队成员像是外地来的半职业性人士，不同于当地人。穿的都是普通衣服。乐队演奏了一阵颇有气势的音乐之后进入休息，下面的本地演奏家代之继续演奏。说是本地演奏家，其实也就是那一带的三个老伯，两个打小鼓，一个吹竖笛。音量小，气势不足，旋律也不清不楚。三个人一屁股坐在地上，不无凄切地一个劲儿演奏类似日本古代祭祀音乐的什么：哔——啪啦、哔——啪啦……

但是，较之二楼那种有气势的“嘣锵咔、嘣锵咔”的演奏，还是这边不无凄切的音乐更让人感到安然。尤其对我们日本人来说，那一声声“哔——啪啦、哔——啪啦”感觉上总好像很亲近。但很快二楼乐队又开始演奏了，下面的老伯们戛然而止。演奏当中，两方面的演奏者都始终面无表情，既不笑意盈盈，又不郁郁寡欢，压根儿没有表情那个玩意儿。演奏本身也平铺直叙，全然没有高潮，只音乐在不间断地流淌。

烟花工一共五人，脸上也几乎不见表情。看服装，同样像是从别处赶来的专职烟花工。估计乐队和烟花专家是按照祭祀活动的日程走村串巷维持生计的。他们以熟练的手势用木棰“通通”敲打黑色火药，将其塞入筒中，塞罢点火，“嘭”一声打向天空。看上去快要在手边爆炸了，但工匠的手上一道烫烧的伤疤也没有，想必万无一失。虽说是烟花，但视觉上不怎么好看。毕竟是大白天放的，除了烟别无所见。嘭——，声音自是虎虎生威，而在空中只是“啪”地散出烟来，再无下文。打完放完，老伯们再次从腰间的葫芦里掏出黑色火药用木棰敲打……如此周而复始，俨然永久性运动的一部分，极为机械，极为事务性。那时间里，乐队兀自“嘣锵咔、嘣锵咔”或“哔——啪啦、哔——啪啦”个不休。

同样的过程无数次单调地翻来覆去，惟独时间在缓缓流移。可是，坐在教堂院子里和孩子们一起看着那光景，我却并不怎么感到无聊和厌烦，甚至还涌起了某种怀旧之情。如此说来，日本过去的祭祀也是这般慢慢悠悠的感觉。祭祀活动这东西，不是“啪”一下掀起高潮又“啪”一下偃旗息鼓那样的名堂，而需要从早上起就开始品味其绵长的过程。在某种情况下，较之精彩的祭祀，我们更欣赏无限延长的低迷情怀。

这样的心情——类似“如此说来确是这种感觉”的怀旧心情——我在这一地区旅行时有好些地方都感觉到了。例如在细雨如烟的乡村山道上开车拐过一个弯，便有另一番风景豁然展开。那种时候，眼下点点散在的民舍房顶、山坡一小块一小块的农田，不由让人觉得仿佛看见了日本的乡村风光。我问身旁的阿尔富雷德：“你不觉得有的地方同日本的乡村很像?”他回答说：“唔——，怎么说呢，我倒不觉得有多少日本情调。乡村风光么，哪里都大同小异吧!”但我以前去了很多国家，看了很多乡村，产生如此亲近感还是第一次。特别是在美国东部生活一年半之后，目睹这样的景色，真是让人由衷觉得“是啊，这在视觉上完全看得出”。在美国生活，经常感慨——这和心情好坏无关——自己到底是在别处生活，是在并非本来应该在的地方生活。这是社会如何、人种如何等问题之前的问题。在此之前，环绕我们的风景在视觉上就是“别处”。在那里，风景一般不是作为潜在性记忆，而是不由分说地直接诉诸我们的心灵。当然，目睹美丽风景自会感觉其美，感动也是有的，但那仅仅是在“美丽”这一语境中的感动。然而，我在恰帕斯山中蓦然感觉到的不是那样的东西。我在那里感觉到的不妨说是一种共时性心情——绵延不绝地伸向很远很远的远方、无法用现成语言顺利表述的心情。

当然不是说我对墨西哥原住民怀有廉价的连带感，事情没有那么简单。无论在历史上还是文化上抑或人种上，我们都同他们有很大的隔阻。尽管如此，在那里转悠的过程中，我仍然感觉到脚下有一种无可言喻的根深蒂固的东西存在，而能够让我产生如此感觉的地方，即使找遍全世界我想也没有很多。

走进锡纳坎坦的教堂，正看着身披艳丽的紫色长袍的基督教徒和身着此村特有服装的圣母马利亚，一个十来岁的少年走过来问我带没带圆珠笔，他想要。我把圆珠笔放在车上，就说没有。少年于是说想买一支圆珠笔，能不能给他一点钱。我给他一千比索。一千比索大概买不了圆珠笔，但我零钱只那么多。随后又一个男孩过来问我带没带圆珠笔。具体情由不晓得，总之圆珠笔在这个村落好像大受欢迎。

胡安·查姆拉是个大村落，比锡纳坎坦大得多，人们的性格看上去较为积极开朗。有的旅游指南上介绍说是“桃花源一般的村落”，但我得到的印象并不那么乐观。同锡纳坎坦的人们相比，这个村落的人生活似乎贫穷得多。小孩子们不像锡纳坎坦的小孩那样说话绕弯子——比如“对不起，您带圆珠笔了么”之类——而是一齐围住游客说“给钱呀给钱呀”，或者把手里的工艺品、礼品硬塞上来死活要卖。车一停就被一群小女孩围住了，说“帮你好好看车，给两千比索”（倒是好好看着的）。身上的衣服全都破破烂烂，头发乱糟糟的，满是污垢。穿鞋或穿拖鞋的小孩几乎没有。我没给钱，以饼干代之，全都狼吞虎咽地“咯嘣咯嘣”吞下肚去。由于政府采取改善印第安人生活设施的政策的关系，道路在这里同样漂亮得令人吃惊，但走在路上的村民形象多少显得不够相称。

这里也像多数印第安人村落那样，人们的衣着整齐划一，那像是他们属于这个共同体的一个象征。妇女从小孩到老太婆统统肩披青色披肩，下穿黑色缠腰式裙子。男人整个披着麻毯那样的外衣，下面穿一条短裤。几乎所有男子都头戴帽子，脚穿瓦拉齐凉鞋，戴着手表。听说通过服装的细微差异可以看出一个人在村里的身份，但我看不出来。总之在服装方面有种种繁琐的规定。村民的服装可以在礼品店里买到，但当场穿买的衣服有时是有危险的，因为那意味着外人侵害了共同体的规定。

无论哪个村落，一进村最先看到的必是教堂。这里的教堂门涂成鲜艳的薄荷绿色。我当然不知道“我们村的教堂门涂成薄荷绿色好了”这样的决定是如何作出的，有可能是召开全体居民会议表决通过的，或者薄荷绿自古以来就是村落的主题颜色也未可知（如此说来，妇女们身上的披肩青色与此相近）。教堂里没有椅子。十分适合“土屋”一词的空空荡荡的地上铺满了松树枝，到处立着燃烧的蜡烛，较之庄严，气氛更富有巫术意味，甚是不可思议。与西欧教堂相比，未尝不可以说像是异教。十字架的比例也同欧洲天主教堂里的截然不同，演奏的音乐也不是所谓教堂音乐。其间时不时有印第安人进来，赤脚踩着松叶走到祭坛前，在那里跪下悄悄画十字。教堂里不允许带进照相机。游客因在教堂拍照而被村民杀害的事件就发生在这个村落。

教堂前有片很大的空地，空地上有集市，出售当地居民的必需品和食品，没什么东西能引起我们的兴趣。卖的多是鱼干、甘蔗、椰子、柠檬、香蕉一类东西。我在露天摊床吃了煮玉米和玉米煎饼卷鸡蛋。这东西听起来似乎很好吃，其实就是用玉米煎饼把变凉的煮鸡蛋卷起来吃。直截了当地说，谈不上多好吃。

另外用五百比索从一个卖货的小女孩手里买了两个小小的饰扣。

安德烈亚斯·拉腊因萨尔位于从锡纳坎坦往山里进去一点点的地方。进村的道路没有胡安·查姆拉和锡纳坎坦那么像模像样，交通相当不便。已有筑路车进入，想必很快修好，但眼下很大程度上还处于悲剧状态。稍一下雨，路就致命地泥泞不堪（泥没脚腕），即使四轮驱动车也很难行驶。在我们的车前面，一辆卡车陷进泥里进退不得，一筹莫展。路又窄，无法超车。众人把石头、树枝垫在车轮下一起从后面推，花了三十多分钟才好歹推出。那时间里我们一直在后面等待。

每到星期日，拉腊因萨尔都有相当大的集市。我们到的当天正好是星期日，得以仔细观看集市。这里卖的是日常生活用品，把货物装在卡车上从城里运来的商人或者带着蔬菜和家畜从近郊赶来的农夫分别摆开摊位，买东西的印第安人聚集在村落广场。仍在滴血的猪头在台子上一字排开。也有人卖玛切提（砍山刀）。这里最有人气的商品是盒式收录两用机，卖这东西的摊前围着一大堆人。买两用机的印第安人播放的无一不是那种“铿锵铿锵铿锵”的墨西哥民谣，着实伤透脑筋——不过在别人的国家这么说也没用。

这个村落的小孩子总的说来比较老实，看见游客不那么死皮赖脸黏着不放。有一个漂亮得让我吃惊的8岁女孩，我从她那里买了个布袋。布袋本身自是不坏，但那女孩长得极为漂亮也是我购买的一大原因。的确，世界上什么地方都是长得漂亮占便宜。对方最先的报价我忘了，讨价还价的结果，以四千比索成交（在这方面，8岁也表现得十分了得，叫人佩服）。不料付款时一翻钱夹，里面的零钞只有三千五百比索。一万比索的钞票倒是有的，但零钞怎么也没有。于是我说：“对不起，三千五百比索可以么？只有这么多了。”女孩随即以极其伤心的眼神目不转睛地久久看着我的脸，简直就像看斯克鲁济[①]老伯似的，而后一声不响地接过我的三

---

① Scrooge Muduck，短篇小说《圣诞颂歌》（后改编为动画片）中的主人公，商人。一生爱财如命，对穷人分文不舍，但在圣诞夜由于三个精灵的出现而领悟了生活的意义，在圣诞颂歌响起时开始了新的人生。

千五百比索去了那边。至今每次想起那小女孩的眼睛，我都觉得自己在拉腊因萨尔村做了一件十恶不赦的事。

还去了几个村落，但逐一写起来越写越长，就简单记述一下。在切纳尔奥村，松村君拍照时被“砰”一下子打了脑袋。我一如往常做出“此人与我两不相干”的神情，或去观看某个宗教性质的队列，或进店喝啤酒什么的。松村君在教堂后面的空地站着小便之时，被高声怒骂了一通。如今看来，能活着回来已是幸运。这个村落，醉鬼多得不行，喝红脸的汉子到处踉踉跄跄东游西逛，广场上还常有人吵架。

田纳哈帕村的入口有一家店名叫“战斗妇女工会工艺品店”。西班牙文为：

SOCIEDAD COOPERATIVA DE ARTESANIA UNION DE MUJERES EN LUCHA S. L. C

详情不大知晓，大概是一种运动——这一地区编织东西的妇女聚集起来成立了工会，把自己的产品集中放在一个场所有组织地推销出去。目的似乎是通过统一商品流通而防止价格过度下滑，排除中间盘剥。店里卖货的清一色是妇女。运动的动机本身固然不错，但“战斗妇女”这一名称毕竟有点儿吓人。这么说或许会遭到女权主义者的斥责，可我还是觉得，既然是卖东西的店，还是取一个温柔些的名称为好，别去管什么思想性。不出所料，进店交涉价格，问“这个不能便宜点吗”，对方当即回答：“NO!”就是说此乃工会统一定价，不容讨价还价。据纺织品权威阿尔富雷特（此君是很多很多东西的权威）介绍，东西好是好，就是有点儿贵。我也认为有点儿贵，况且来墨西哥以后已经完全习惯了讨价还价，骤然间要我按统一定价买总有些不甘心。因此之故，最终什么也没买就出来了。后来看书得知，关于统一定价，村落内部也有剧烈争吵，哪一种类的争吵不大清楚，反正我的基本方针是尽可能不介入妇女内部的争吵，再说又是“战斗妇女”内部的争吵。

依我观察的范围，在这一带的印第安村落，男人一般从事传统农耕经济，妇女则从事以游客为对象的服务产业。也就是说自古以来就是男耕女织。但明白自己所织布匹值钱的妇女的目光逐渐从共同体内部投向——情愿也好不情愿也好——外部世界，在某种情况下发展成了“战斗妇女工会”。不用说，这种过激方式不可能一帆风顺，前面也说了，既有内部争吵，又要受到企图维持原有体制的卡西肯（地主）的剧烈迫害。“战斗妇女工会”运动往下能否获得成功当然无从知晓，但这些山谷间的小村落里正在一点点地诞生以妇女为核心的新型经济结构，这一点应该是难以否认的事实。新路修成之后，自有游客跑来，而游客增多，商品流动也会随之增大。这种经济结构的转换，势必大大改变依赖农耕经济的共同体结构。我觉得这是无法抗拒的历史进程——外部的历史终于追上了他们。

离开恰帕斯州，再也见不到那种共同体式的印第安村落了。距恰帕斯不很远的拉坎东，深山老林里居住着传说中的印第安人，如今他们也已失去了原来的生活环境，多数背井离乡进城找事做。从飞机往下看就知道了，能够称为森林的森林几乎荡然无存。曾经覆盖辽阔大地的蓊郁茂密的原始森林被砍伐了百分之八十五。那里有的，只是遍布于红褐色土地上的怵目惊心的热带雨林残骸。

估计人们就要这样放弃做共同的梦，放弃心灵的共振，放弃倾听远方的回声了。我觉得这在某种意义上是悲哀的事。为什么呢？因为我在恰帕斯深山中遇到的印第安人贫穷固然贫穷，但他们是具有轮廓清晰的价值观、世界观并引以自豪的人。我不是什么文化人类学者，只不过从这个村落到那个村落观看了几天，没有任何资格说结论性的大话，但是想到往后外部体系将一点一滴渗入他们中间，致使他们引以自豪的东西和以往的价值观不再有效，想到那时他们身上将发生什么，我不由有些黯然神伤。

墨西哥政府正在致力于印第安人生活设施的现代化，那当然是好事。他们修筑道路，建立学校，充实医疗设施，这是开发的三大支柱。然而这样的现代化必然大大改变迄今几乎处于隔绝状态的印第安村落的结构，改变从属于那里的人们的意识。

一次听到一个从故乡村落进城的印第安小伙子说的话。小伙子在故乡村落生活时一次也没有挨过饿。虽然村落贫穷，但他不知道饥饿是何滋味，因为如果他在村里肚子饿了，只要向谁道一声“你好”即可。对方听到这声寒暄，就会说“啊，你像是饿了，来我家吃饭”，随即给他饭吃。那声“你好”有一种韵味，完全可以从中听出对方是否饿肚子、是否身体不适。他们在心中培育了那种韵味。因此，那个印第安小伙子来到城里最初一段时间，每当肚子饿了就向各种各样的人说“你好”。然而谁也没给他饭吃，只是还给一个寒暄“你好”。他到处说“你好”直到说得发不出声音，但谁都没说一句“来我家吃饭吧”。于是他终于认识到：这里没有人能领会那句话的韵味。

在下着凉浸浸的牛毛细雨的恰帕斯山谷里转了几天之后，尤卡坦半岛的风景显得格外呆板。空气热得闷乎乎，人们的样子看上去总有些凄凉。在下山过程中，觉得以前始终感知的某种类似静谧情韵的东西消失了。那是一种有点不可思议的感觉。

即使在伏案写这篇文章的现在，眼前仍然浮现出拉腊因萨尔村那个因少给五百比索而目不转睛久久盯视我的漂亮的卖东西小女孩的眼睛。她当时的眼睛里仿佛存在着一种摇撼我的心的东西。回想起来，和一个人那般专注地四目相对，对于我来说的的确确是久违的事了。围绕着五百比索（二十日元），我们长时间地窥视对方眼睛的深处。也许你想充其量不过是二十日元，我当时也不是没那么想：有什么办法呢！对不起，现在口袋里只有这么多嘛！但那当然不是钱的问题。那是我和那小女孩之间的交流问题，心弦的颤动方式问题，我觉得。

我甚至心想，将来长大，那个小女孩说不定也会成为“战斗妇女”中的一员。只是，到那时候，恰帕斯山中的印第安村落想必已面目全非。

超“有深度”赞岐乌冬面之旅

1990年10月。《高级时尚》一位名叫松尾的年轻漂亮且有才气的编辑（当时）每次见到我都炫耀（大概此外别无炫耀）她老家的赞歧乌冬面。于是我说“那么就去尝尝吧”，随即前去采访。同行者为安西水丸。三人“吐噜吐噜”大吃乌冬。不过的确好吃。近来不由想再去吃一次“中村乌冬”。采访之余，爬一爬金刀比罗宫的石阶也不坏——令人怀念哪！

也许香川县这个地方此外也有许多名堂足以令人吃惊，但我去香川县最为吃惊的，乃是乌冬面馆之多，多得铺天盖地，简直让人觉得除了乌冬面馆就一无所有。什么寿司店啦拉面馆啦荞麦面馆啦几乎见不到，无论去哪里都是乌冬、乌冬，就好像“五·一”节明治公园随风飘扬的彩旗，甚至觉得旅行期间从早到晚看的全是乌冬面馆的幌子。

除了乌冬面馆的幌子，勉强留在记忆里的，顶多只有写着“热情待人”字样的“狮子俱乐部”竖牌和名叫“就那里”的酒吧招牌。我虽然不大喜欢就细节说三道四，但到底弄不明白将“就那里”作为店名的人发的是什么神经。“就那里”指的不就是“那里”吗？另外，“热情待人”也蛮够意思的。这招牌是在金刀比罗宫附近一个街角发现的——风风火火提起这个来，作为我也伤透脑筋。标语这东西还是把意象（image）限定一些才好。四国[1]人到底想的什么？一塌糊涂。

这且不说，总之香川县乌冬面馆为数甚多。如果统计出每人所拥有的乌冬面馆的比例数字，香川县必占全国之首无疑。

老实说，对于《高级时尚》杂志，这次很难说是多么时尚的采访活动，我多少觉得有点儿不对路。为什么这么说呢？因为赞岐乌冬面同时尚之间没有任何关联。按理，这样的策划该让给《太阳》、《四季之味》或退一步让给《Mistress》[2] 才是道理。然而却由《高级时尚》搞起来了。这又是何故呢？原来责任编辑松尾（松尾小姐，女性，敬称从略）同我一见面就谈乌冬面（或许香川县出身的人话题一般来说很有局限性），而我本来就中意乌冬面，每次松尾说起来都觉得十分好吃，听着听着就恨不得马上吃到嘴里。松尾差不多每次都淌着口水和鼻水大说特说，既然那样，那么就

---

① 日本四国地区，包括德岛、香川、爱媛、高知四县。古为四个藩国，故名。
② 均为日本时尚杂志名。

去四国吃乌冬好了，顺便采访一下，写成报道。实不相瞒，起初还叫我写 Comme des Garcons[①] 展览会方面的报道来着，我说那东西我可不太明白，若是乌冬面倒还可以写一写。如此说说笑笑之间，乌冬面之行就真的定了下来，只能说是势之所趋。

于是向安西水丸打招呼："一起去四国吃乌冬面如何?""啊，好啊，去就是了!"这么着，三人就一晃儿去四国做了三天两夜之旅。时值秋季，气候也适宜，正好去四国一边悠悠然游山玩水一边放开肚皮大吃赞歧乌冬。尽管 10 月已进入尾声，但四国仍热得只穿一件 T 恤都冒汗。

也可能有读者以为乌冬面馆这东西全国不管去哪儿都大同小异。但明确说来，这看法不对。香川县乌冬面馆同其他地方的相比存在着根本性区别。一言以蔽之，即相当"有深度"[②]，感觉甚至像深入某个美国南方小镇去吃油炸鲶鱼。

---

① 日本时装设计师川久保玲设计的名牌产品名称。
② 原文为 deep，意为"深厚的，浓厚的"。

小悬家

到四国最先进入的乌冬面馆，刚一坐下就有礤床儿和长约二十厘米的大萝卜端了上来。我心中生疑，可四下一看，但见客人全都以一本正经的神情“咔喳咔喳”礤着萝卜。不得已，我也右手萝卜，左手礤床儿，“咔喳咔喳”礤起大萝卜来。从点乌冬面到煮好大约有十五分钟，以此消磨时间诚然不坏，问题是店堂里的客人全部礤大萝卜，作为场景相当奇妙。我蓦然心想，礤大萝卜在本质上恐怕应属于个人作业。固不能说是孤高之举，却也不应是集体行动，虽然怎么都无所谓。

况且大萝卜很硬，礤起来需要非同一般的腕力和握力。相对说来，我算是腕力大的（老婆常说惟独这种时候派上用场），尽管如此，还是累得气喘吁吁。倘若去年心脏病一齐发作的老年夫妇来这里吃乌冬，那可如何是好？虽说事不关己，但也够让人担忧的。

和萝卜一起端来的还有酸橘子。桌面上放有五香粉、葱和生姜。葱不是关东常见的白葱，而是软乎乎的青葱。此外有芝麻，转动磨盘“咔咔”碾碎的那种。还有酱油、装在软管里的辣根和味精。采访当中我进过十来家乌冬面馆，几乎家家都有味精，不妨说是保留项目。香川县多数人吃乌冬面时都洒味精，那也够壮观的了。

另外，或许有人问乌冬面馆为什么有酱油。这是用来淋乌冬面的。就是说，冷乌冬面端来后，客人把酱油“刷刷”淋在上面吃。这叫“酱油乌冬”。

好容易跑来四国，我也想品尝一下这“有深度”的酱油乌冬。这东西相当可以，简洁豪放，以荞麦面条言之，就是所谓“小笼屉”①之感。放久失去弹性的乌冬就不成了，若是刚刚摔打出来的生龙活虎的乌冬，淋上酱油，覆以葱花调味，“吐噜吐噜”吃起来，味道禁不住让人拍膝叫绝。

这家乌冬面馆名叫“小悬家”，似乎相当有名。乌冬的软硬度是稍微偏硬。酱油乌冬大碗四百日元，小碗三百日元。同东京的荞面馆相比，价格固然便宜，但以香川县乌冬面馆的标准价格来说，可能算贵的。馆里除了乌冬面，还有

① 即小笼屉荞麦面条。将煮熟的荞麦面条盛在小笼屉里，蘸浓味佐料汤食用。

御田[①]和油豆腐寿司之类，吃的人像吃自助餐那样随意取来，同乌冬一起吞食，算是一种菜肴。哪家乌冬面馆的章法好像都和这家差不多。

这是面向初食者的乌冬面馆，让你大致有个感觉。往下就陡然往“有深度”进军了。

中村乌冬

下一站是丸龟附近的“中村乌冬面馆”，这家可真叫厉害，是“有深度”之中最“有深度”的。不但交通极其不便，而且店的位置也难找，实在不敢向一般游客推荐，但若是近乎偏执的乌冬爱好者，则务请前往一试，绝对不虚此行。

第一点，此店几乎位于农田的正中，连个招牌也没有。门口倒是写有“中村乌冬”字样，但故意（我认为）写得很小，存心不让路上的人瞧见。若不绕一大圈走到最里端，绝对看不出那是一家乌冬面馆，可谓相当乖僻。我们是搭出租车去的，连司机也吃了一惊：“哦，这地方竟有乌冬面馆，

① 将豆腐、魔芋、萝卜、胡萝卜以及鸡蛋、鱼丸等放在一起煮熟的菜肴。类似中国的杂烩、杂煮。或译“日式好炖”。

没想到!”

店小得不行。与其说是乌冬面馆，不如说更像建筑工地放器材的小仓房，里面凑合着摆了几张小桌。经营“中村乌冬”的是中村父子。我进门时，无论父亲中村还是儿子中村都不在，只有一个老汉在装满水的大锅前独自“吭哧吭哧”煮着乌冬面团。我以为他大概是中村父子中的一位，就打了声招呼，不料他说“哪里哪里，我是客人”。这家面馆的规矩，客人只管拿起那里摆着的乌冬面团煮熟，淋上汤料或酱油什么的吃，随便放下钱走人就是。我思忖这地方甚是了得，但入乡随俗，我等也自管煮好乌冬淋上汤料，端起大碗走到门外（店堂太小），坐在石头上“吐噜噜吐噜噜”吃了起来。时间是上午九点多，天气好，乌冬味道也好。一大早就坐在石头上“吐噜噜”啜食乌冬面，渐渐产生了一种不可思议的心情，心想世人爱怎么想就怎么样想了，管他呢！乌冬面这一食品里，肯定包含着损耗人的知性欲望的某种因素。

正吃着，父亲中村出来了，儿子中村也出来了。父亲中村捏着乌冬摔打的时间里，我们听儿子中村介绍情况。面馆开了十八年，儿子中村说，那以前是办养鸡场的，再以前办木材加工厂赚了钱，鸡不下蛋以后开始经营乌冬面馆。从养鸡场忽然转行开乌冬面馆，设想足够大胆，不过在这香川县也许并没有什么不自然。经他这么一说，再仔细察看，乌冬面馆的建筑果然有点儿像鸡舍。

乌冬面馆建筑物后面是农田，栽着大葱。据一位客人证实，一次发牢骚说没有葱，结果被父亲中村训斥道："啰嗦！自己去后面的地里拔来！"总之这家乌冬面馆够野的（我也渐渐带上了方言味儿）[①]。如此闲聊之间，父亲中村捣鼓完了新乌冬，随即在锅里过一下水，洒上葱花和酱油端给我们。的确可口得很。刚才吃的已经够可口的了，但同这刚刚打出的乌冬相比，香味和毫不含糊的韧性到底差了一档。在此次采访中吃到的许多乌冬里，这碗乌冬也堪称珍品中的珍品。去"中村乌冬"碰巧吃到刚刚打出的乌冬之人堪称幸运儿。

"中村乌冬"是用双脚踩着揉成的。没有揉面机的话，保健所是不发卫生执照的，所以开店时购置了一台二手机，但检查过后不再使用，一直用人脚踩着制作。"不这样不好

① 原文带有方言腔。

吃的。”儿子中村一口咬定。明确地说，这对父子无论所说的话还是经营方针都很偏激，可乌冬又好吃得没得说。听对方用东京腔说“不这样不好吃的”，不由得想插嘴道“哦，是吗”，而当他说“不用这招儿不够味儿”时，就只能为其本地方言的动感所折服了[①]。

桌上摆有葱、生姜（自己捣碎）、五香粉、味精、山濑酱油（淡味型，琴平产），放在乌冬里的配料有筒状鱼糕、天妇罗[②]、鱼肉山竽饼。天妇罗是儿子中村自己炸的。乌冬面团小的一团八十日元，相当便宜（带走五十日元）。听说一人大体吃五团，但我不是香川县民，觉得三团足够了。客人多是回头客，有不少人为吃这乌冬面特意从远处赶来（虽说是远处，当然也不是从带广或那霸[③]坐飞机赶来，只是那一带的邻镇邻村）。食客愿意自带鸡蛋和萝卜也悉听尊便。不上酒，但好像可以随便带来。如此非同一般的乌冬面馆，我想此外找不出第二家。不过，如果专门带着大萝卜来吃乌冬，怕也是够意思的……

---

① 后者原文为香川方言。
② 油炸虾或油炸蔬菜（如茄子、青椒等）。
③ 带广位于北海道，那霸位于冲绳，均距香川很远。

山下乌冬

此店位于一条名叫绫川的河边，门前有过去碾粉用的水车。同样没有招牌，只门口旁边有一块写有“邮政局邮递员休息处”字样的牌子。大概香川县邮局职员是在乌冬面馆里休息的。也许从东京调来香川的职员下班后听上司说“找一家店去”，找到这里还以为是酒吧或卡拉 OK，不料进去一看却是乌冬面馆，于是两人“吐噜噜”吃一顿乌冬了事——好个温情脉脉的风气。

“山下乌冬”基本上是家面条厂，给乌冬吃算是一种小小的招待。来买乌冬的人提出品尝乌冬，于是摆上桌子，烧开水，拿来酱油和料汤，生意就这样开始了。所以桌子旁边就是一字排开的面条机。香川县有很多这样附带乌冬面馆的面条厂。以东京说来，就是既制作三明治又上咖啡的面包屋。两张简单贴有装饰板的餐桌，十三四把钢椅，芝麻、生姜、味精、酱油、葱，必需之物一应俱全。乌冬一团一百日元，筒状鱼糕天妇罗七十日元，是面条厂刚刚制作出来的，味道毕竟不一般。支一口老式大锅，以树皮为燃料，“咕嘟咕嘟”烧着水。

听了主人山下先生的介绍：“战后国产小麦减少，味道也变了。我小时候把附近收上来的小麦碾了做面条吃，那真叫好吃。如今差不多所有小麦都是澳大利亚产的。”

虽说是进口货，但日清面粉厂为香川县生产了特配的面粉。这是因为，香川人对乌冬的标准特别严格，面向全国的普通面粉受到了用户的投诉。我也看了，供给香川县的面粉的确印有“香”这个标记。着实讲究。

加茂乌冬

乌冬接着乌冬，肚子渐渐吃不消了，但别无他法，下一站是“加茂乌冬”。“老是这么吃乌冬可真够受的啊！”水丸君说。那对我也一样，我也想吃点儿不是乌冬的东西。如果可能，想来点咖喱饭什么的。然而，彻底对付乌冬乃是采访主题，是为这个才来四国的，后悔也来不及了。这么着，只要体力支撑得住，就只能继续吃乌冬。接下去是“加茂乌冬”。

光从外景来说，我绝对中意此店。不折不扣位于农田正中，坐在屋外的长板凳上吃乌冬，但见稻田在眼前平展展地铺陈开去。时值秋日，稻穗在清风吹拂下窸窸窣窣摇曳不止。一条小河就在前面流过，天高气爽，鸟声频频。清汤乌冬八十日元，大碗一百四十日元。配菜有炸牛肉饼和鸡蛋，都放在桌上。乌冬当然够味儿。这次都是请当地人介绍的，就味道而言，哪一家都高出平均线。水丸君吃着炸牛肉饼："味道好极了，这个！"店堂一角的煤气炉上煮着竹笋，正"咕嘟咕嘟"发出声响。常有当地人顺路进来"吐噜吐噜"吃乌冬，很有乡土气息，人们显得其乐融融。松尾如今因为任职于《高级时尚》，开口 Comme des 闭口三宅一生[①]，自以为好了不起，其实高中放学路上还不是走进这种面馆淌着鼻水吃乌冬的！

在这里吃乌冬算是小憩，然后去见香川大学教授、乌冬权威真部正敏先生。进了教授室，先生始而不解："到底采访什么呀？高级时尚？"继而谈起乌冬。先生任赞岐乌冬研究会会长，出版一份名为《赞岐乌冬》——名字不无即物味道——的像模像样的会刊，日前还去中国交流面类的学问，

① 日本著名服装设计师。

实非一般教授。会刊读来也妙趣横生。只是读这刊物，让人觉得香川人也许除了乌冬什么都不思考，这恐怕也是个问题。

据先生介绍，现在赞岐乌冬使用的小麦为澳大利亚产的 ASW（Australia Standard White）这一品种。这是澳大利亚人为用于乌冬面而进行品种改良后面向日本市场特别生产的小麦，有香味，韧性好，口感滑润，其特性出类拔萃，而且原价比国产的低得多，因此转眼之间席卷日本市场。那是昭和 50 年代①中期的事。我也在各家乌冬面馆看了原料面粉袋，发现哪家用的都是同一牌子的面粉，所以正确说来，进口 ASW 以前的赞岐乌冬和其后的赞岐乌冬味道也应该有所不同，实际上“山下乌冬”的主人也说还是过去的味道好。

但真部先生并不附和这个说法：“味道是记忆中的东西，至于哪个味道好、味道有怎样的变化，我认为不能一概而论。”这的确有其道理。想必这在香川县内也是引起争论的话题，或者说是竞选县长的一个论点也未可知。

但不管怎样，整个日本不管哪里都吃同一味道的乌冬也

① 相当于 1975—1985 年间。

未免单调，我也有此看法。上面也写了，就算面向香川县的麦粉品质真的高一档次，赞岐乌冬也应具有唯独赞岐乌冬才有的不容怀疑的独立性才对。因为以如此不亚于虔诚信仰的澎湃激情热爱乌冬的县民，即使找遍全日本也绝无仅有。我想，假如某一天澳大利亚同日本因故断交，全面中止面粉出口，乌冬这个东西荡然无存，那么至少在香川县会掀起革命浪潮吧。

从真部先生口中听到了不少关于乌冬的令人兴味盎然的学术性见解，可惜篇幅不够，只好移师下一站。得！

久保乌冬

这家乌冬面馆也是面条厂直接经营的，但因其位于高松市内，比之其同类，作为乌冬面馆的格局还蛮像那么回事，从外面看无可挑剔。我们到时早上九点刚过，但里面已座无虚席。因为有很多人早餐也吃乌冬，所以香川县的乌冬面馆开门早。这里的汤料有一股小沙丁鱼干味儿，甚是可口。主人说，小沙丁鱼汤料的味道取决于起网时间，这点极难把握。这里清汤面和小笼面各占一半。

看上去客人吃的效率非常高。基本上是男子一个人进来，简单点罢，从台面随意取来炸牛肉饼或炸豆腐，以熟练的手势加进调味品，“吐噜噜”默默吞食，食毕放下钱迅速离去。极其Hard-Boiled[①]。假如菲利浦·马洛[②]生在香川县，肯定如此吞食乌冬无疑。不剽悍吃不了乌冬，不温柔没资格吃乌冬——是否果真如此我不晓得，姑妄言之罢了。

此处小团一百二十日元，大团一百九十日元，特大团二百六十日元。

此外也转了不少乌冬面馆，无法一一写来，只好忍痛割爱。上顿下顿净吃乌冬，感觉上好像三天吃完了一年的份额。“乌冬面都快从我鼻孔里出来了！”松尾说。采访期间松尾一直患重感冒擤鼻涕，没准真的出来一两条。

这个不说也罢。反正香川县的乌冬好吃得超越了所有怀疑、所有保留意见。旅行结束之后，我对乌冬这东西的看法也好像整个为之一变，即使说我的乌冬观发生了“革命性转

---

① （小说中）以不含感情的理性文体表述冷酷、冷漠的内容。钱德勒等美国侦探小说作家所用手法。

② 美国当代作家雷蒙德·钱德勒系列作品中的主人公。

变”也不为过。以前我住在意大利的时候，几次去托斯卡纳的基昂蒂地区旅行，转了好多葡萄酒厂，结果我对葡萄酒那东西的想法整个为之一变，而此次乌冬体验足可与之匹敌，我想。

在“有深度”层次上吃的香川县乌冬有一种实实在在的生活气息。我深切地感到这里的人们是如此这般吃着、如此这般生活着的。同香川人谈起乌冬的时候，简直有一种像谈家庭一员的温情，每一个人都带着关于乌冬的回忆，谈得真诚感人。而这是非常难能可贵的，也正是这样的温情才孕育出了美味。

不过，“中村乌冬”是够厉害的啊！

诺门罕钢铁墓场

1994年6月。《奇鸟行状录》第三部写到诺门罕和满洲，结果引来了《马可·波罗》杂志，问我能否实际跑一趟。那是我早就想去的地方，一口答应下来。那里基本属于边境，旅行期间住在人民解放军和蒙古军队的宿舍，非我个人轻易去得成的地方。同行者为松村映三君。本书封面的照片[①]，是我请他用我带去的“现场监督”的那个简易相机拍摄的。臼形炮弹的残片仍好好保留着。不过清一色的羊肉饭食可真是害得我好苦。

① 原书有封面照片。

从大连到海拉尔

早在上小学的时候就在历史书中看过诺门罕战役的照片。至今仍清楚记得照片上异常笨重的旧坦克和同样笨重的旧飞机。还附有简短说明：1939 年夏，驻扎在满洲的日军同苏联和蒙古人民共和国（外蒙古）联军围绕“满洲国”国境线展开激战，日军遭受重创，败退下来。较之关于两年后爆发的太平洋战争那神乎其神的记述，简短得近乎“小小花絮”。然而不知何故，自那以来，这场诺门罕战役（因为没有正式宣战，很长时间里一直以“诺门罕事件”这一暧昧字眼称之，但事实上那是一场惨烈至极的货真价实的战役。蒙古方面称为“哈拉哈河战役”）的场景就鲜明印在了我的脑际。

其后我也从不放过写诺门罕战役的书，大凡见到的都看了。遗憾的是，其数量绝不为多。不料，大约四年前因故旅居美国，当我在我所属的大学图书室信步走动之间，发现书架上有数量相当不少的关于诺门罕战役的日文旧书。固然算不得“命中注定的邂逅”，不过人这东西总是在奇妙的地方碰上奇妙的东西。反正，我把那些书借了出来，有时间就看。结果，我察觉自己至今仍像小时候那样为那场在蒙古无名草原上展开的血肉横飞的短期战役所强烈吸引。什么原因却不晓得。反正情形就是这样。

写下巨著《诺门罕》——就连细部都写得令人震惊——的美国战史专家阿尔宾·D·库克斯也在前言中写了相同的情形：年轻时某一天在美国报纸上看到了关于诺门罕战役的简短报道，自那以来“不知何故”为那场战役迷住了。那种心情，“不知何故”，我也十分理解。

不过，我在普林斯顿大学的图书室里一册又一册阅读有关诺门罕战役的书籍过程中，随着那场战役的实况在脑海中较为鲜明地浮现出来，我开始把握了——尽管是朦胧地——自己为那场战役所强烈吸引的含义。那大概是因为，在某种意义上那场战役的始末“实在太日本式、太日本人式”了。

当然，太平洋战争的始末在大的意义上无论如何都是日本式的、日本人式的，但若作为一个样品取出来分析，其规模委实过于庞大。那已经作为一个定型的历史浩劫，恰如一座纪念碑耸立在我们头上。但诺门罕不然。在时间上那是一场不到四个月的局部战役，以现今的说法，乃是“限定战争”。尽管如此，那仍是日本人拖着一条非现代尾巴的战争观即世界观被苏联（或非亚洲）那种重新改组过的战争观即世界观彻底击溃、被其蹂躏得体无完肤的最初体验。然而遗憾的是，军部首脑几乎没有从中吸取任何教训。理所当然，如出一辙的模式又以压倒性的规模在南方战线重复了一次。在诺门罕丢掉性命的日军将士不足两万，而在太平洋战争中竟有超过二百万之多的战斗人员战死。最为重要的是，无论在诺门罕还是在新几内亚，多数士兵的死法几乎同样没有意义。他们在日本这个封闭组织中被作为无名消耗品以极差的效率杀害了。对这种“极差的效率”或非合理性，我们或许可以称为亚洲性。

战争结束之后，日本人开始憎恶战争、爱好和平（说得更准确些，应是和平这一状况）。对于把日本这个国家最后导向毁灭的极差的效率，我们力图将其作为前现代性的东西予以摧毁。我们不是追究其作为自身内在的非效率性的责任，而是将其作为由外部强制施加之物来对付，像做外科手术那样单纯地、物理性地予以排除。其结果，我们的确住在了基于现代公民社会理念的效率良好的世界，而效率的良好又给社会带来了压倒一切的繁荣。

尽管如此，我无论如何也无法从我们至今仍在许多社会层面上作为无名消耗品被和平地悄然抹杀这一疑问中彻底挣脱出来。我们相信自己作为人的基本权利在日本这个和平的“民主国家”中得到了保证。但果真如此吗？剥去一层表皮，其中一脉相承地呼吸和跳动着的难道不仍是和过去相同的那个封闭的国家组织或其理念吗？我在阅读许多关于诺门罕战役的书的过程中，持续感觉到的或许就是这种恐惧——五十五年前那场小战争距我们不是并没有多远吗？我们怀抱着的某种令人窒息的封闭性总有一天会以不可遏止的强大势头将其过剩的压力朝某处喷发出去，不是吗？

如此这般，在新泽西州普林斯顿大学寂静的图书馆和由长春驶往哈尔滨嘈杂的列车这两个相距遥远的场所，我作为一个日本人持续感受着大体同一种类的不快。那么，我们将去哪里呢？

这次我和照片上的松村君用了两个星期，先后分别从中国内蒙古自治区一侧和蒙古国一侧看了诺门罕战场。本来，只要从诺门罕村往前一步跨过国境线即可进入蒙古国（以下简称蒙古）的哈拉哈河，但遗憾的是时下两国的想法错综复杂，无法如愿以偿，只好远远返回北京，从北京乘机飞到乌兰巴托，再特意开吉普去中国国境，整整绕了个大弯子。在这个意义上，这一带在政治上相当“麻烦”。中国和蒙古的关系近年来是改善了不少，但国境一带的民族问题仍暗藏着沉重而静寂的火种。

说实话，去中国完全是第一次，但从成田直飞大连仅用了四个小时。想到花十多个小时往返美国东部，这回就像国内旅行，很有些意犹未尽。“哦，已经到了？”——虽说时间这么短暂，但感觉上的距离十分了得。从大连开始被塞进挤得连厕所都去不成的、堪称中国式混乱极致的满员“硬座”车（原本计划乘飞机去长春，但航班被无甚理由地取消了，突然改乘火车），摇晃了一夜十二小时，累得一塌糊涂。到达长春站时，觉得脑浆组织也好像随同周围汹涌澎湃的情景而大面积重组一遍。

初次目睹中国这个国家，最先大吃一惊的是人多。当然日本也人多，但因为国土本身狭小，未尝不可以说是理所当然。而中国情况不同，国土大得不得了（尽管大），人也多得足以把国土整个填满。去哪里都满满是人，没有人的场景压根儿不存在。这么说也许会招致误解——我在日本从书上看到“南京大屠杀”和“万人坑”等战争期间发生在中国大陆的大量屠杀事件时，对于事情的过程，我的脑袋可以大体把握，但在数字规模这点上总有不能领会之处。就算再集中杀人，可作为现实问题，果真能杀那么多人吗？对此在实感上难以置信。日本的很多读者恐怕也怀有和我同样的感想吧？

但实际来到中国，在公园一角或车站候车室有意无意地观看周围人来人往的情景，忽然心想：那真可能实有其事。总之人就多到那个程度。人不知从何处一拨又一拨赶来。也不单单城市，去乡下也一样。交通工具——无论何种乘用物——全都宿命地、致命地拥挤，街上行人不分场合地扔烟头、吐口水、大吼大叫、胡乱买东西或硬卖东西。长时间面对如此光景，难免产生类似恐怖的感觉，觉得数量陡然差了一位数。甚至觉得，使得日本兵的感觉发生根本性错乱的，说不定也是这种压倒性的物理数量的差异。

在大连街头，梅赛德斯·奔驰左一辆右一辆扑入眼帘，而且不是190那种温和车型，而是500、600那类大家伙。究竟什么人乘这样的东西呢？我一时捉摸不出。除此之外，奥迪和丰田皇冠也呼呼跑个不停。但不管怎样，路况差得接近极限，车自行其是地行驶，人自行其是地行走。我花了好些时间才跟上其步调，或者不如说直到最后也没跟上。这以前我在罗马、伊斯坦布尔、纽约等交通相当混乱的地方也自由自在地驱车行进来着，但对于中国城市交通异乎寻常的极度混乱还是瞠目结舌，根本不想在这样的地方开什么车。

“为什么街上几乎没有信号呢？”我问中国人。“不顶用的，有信号也没人遵守。”对方每每这样回答，“当然喽，大家好好遵守信号，堵塞也能减少一些……”全都像说别人似的，谁都不肯从自己做起。四周黑下来车灯也不开（对此有两种说法，一是视力好，二是节省电费）。有人横穿马路，车也不减速，只是警告性按喇叭了事。由于太可怕了，天黑以后我一步不出宾馆。而在太阳出来的时候，我目睹了街上到处发生的梅赛德斯·奔驰和自行车相撞事故以及把群众卷进去的大规模争吵。

世界上所有的汽车公司好像都把中国作为惟一剩下的大

型市场而虎视眈眈，问题是倘若行驶在中国大地的汽车数量进一步增多，那么出现的恐怕是异乎寻常的噩梦（有关中国的东西似乎都有异乎寻常的倾向），因为即使是现在这样，也足以称之为“通常意义上的”噩梦了。然而看样子人们并没有作为噩梦来对待。由此看来，如此发展下去，势必有一天中国全境——从越南国境到万里长城——被交通堵塞、空气污染、烟头、BENETTON 招牌所彻底覆盖。这或许可以称为历史必然，总之不可乐观。

我在长春采访了动物园。动物园是 1941 年作为“新京动物园”（日伪时期的称呼）开设的，1945 年随着苏军的进攻而关闭。此后成了形同废墟的公园。但到了 1987 年，长春市当局重新辟为动物园。如今正式称为“长春动植物公园”。作为主要动物，有虎、熊猫、犀牛、象、猴、斑马等。但是，也许是开园不久的关系，动物数量不是很多，加之占地面积大得不得了，从一个动物区走到另一动物区相当累人。我喜欢动物园，旅行当中顺便看了全世界各种各样的动物园。但“动物密度”如此之低的动物园还是初次。若把动物大体一一看遍，要累得筋疲力尽。我们最后也没能找到熊猫栏。问一个路上碰上的年轻男子熊猫在哪儿，对方沮丧地说他找了半天也还没找到。看来本地人也够受的。

虎是在相当大的石山那样的场所饲养的，一看就知道虎生活得悠然自得。问题是看的人必须远远观看，若非用望远镜，看到的虎只能是小得近乎不合理的虎。但绕到虎山后面一看，那里竖有一块写着“抱虎照像”的牌子，我当怎么回事，原来意思是“抱着虎崽照相”。问费用，答用自己的照相机照，十元即可。十元才相当于一百三十日元。有句话说不入虎穴焉得虎子，出一百三十日元就能抱上真正的虎子，真个十分了得，不愧是中国。

可看到饲养员领来的“虎子”，我有些慌张起来。比预想的大得多。我以为顶多猫那么大，而实际在那里的却是不折不扣的小型老虎。胳膊都比我的粗得多，牙齿也长得和大虎没什么两样。若给它咬上一口，大有可能忽地咬出一个洞。喂，我可不抱这样的东西——心里虽这样想，但毕竟是自己提出来的，不好现在才打退堂鼓。遂问饲养员“不咬人吗”，只听他说“放心，不怕的”。不过据我短暂逗留的经验，中国人口中的“放心，不怕的”相当叫人放心不下。实际一抱，果不其然，虎转到我脖子后准备咬我。来中国被虎咬了如何得了！我从背后死死抱住扑腾腾的老虎，由对方照了相。在土耳其深山里被库尔德游击队包围的时候和在墨西哥看见大概是被击毙的人的时候也够害怕的，但还是抱这老虎的时候更害怕。看当时的照片就知道我的脸绷得多么紧。中国的动物园和中国其他很多东西一样，都是超过我们想像的异乎寻常之地，半点儿也马虎不得。

对方说此虎生下才两个月（可是真的？就两个月来说也未免太大了么，我觉得），好像还没有名字。我问“没有名字”，给对方以空漠的神情看了片刻，仿佛在说“你这个傻瓜蛋，哪能给虎一一取什么名字”。我是不大清楚，莫非中国不给动物园的老虎取名字？记得熊猫倒是有名字的。

动物园里的建筑物总体上显得陈旧，同废墟无异。遂问饲养员设施可是照用战前的，对方说不不，重新开园时把以前的全部拆毁重建了。可是无论怎么看都难以认为是七八年前建的。钢筋混凝土建筑物的墙壁像久经岁月洗礼一般凄惨惨黑乎乎的，到处布满令人想起李尔王皱纹的深度裂纹，有的地方甚至已开始崩毁。听得我有些愕然。对方为了证明过去的建筑物已被毁掉，把我领去曾经的虎栏那里。不错，是有往日的混凝土台基剩在那里。这么说自是不太合适，在我看来，较之七年前建的新混凝土墙，倒是五十年前的混凝土台基显得结实得多新得多。

我转了不少中国城市，深深觉得中国建筑师有一种能使得刚刚建成的大楼看上去浑如废墟的特异才能。例如每次进入面向外国人的高层宾馆——当然不是说全部——我们都会在那里目睹为数众多的废墟。电梯里贴的装饰板张着嘴摇摇欲坠，房间天花板边角部位开有含义不明的空洞，浴室的阀柄有一半两相分离，台灯的脖颈断裂下垂，洗面台活塞不知去向，墙壁有仿佛心理测试图的漏雨污痕。遂问："这是旧宾馆吗?"答曰："不不不，去年刚刚建成。"至于这样的才能是在何地如何产生并普及到全国的固然无从确定，反正长春动物园也无疑出自某位同样的建筑师之手。

不过这座动物园非常有趣，还从工作人员口里听到了"日伪时期"的情形。由于面积太大树木太多而来的人又太少，所以理所当然有许多情侣。这类人无论在世界哪个地方都显得乐不可支，长春自然也不例外，大概全都忙于寻欢作乐，特意付钱抱那胡乱扑腾的老虎照相的好事之徒好像仅我一个。

在哈尔滨，始料未及地跑起了医院——坐“硬座”的时候，因对面坐的年轻男子开了车窗再不关上，致使异物进入眼睛（不过此君人倒非常友好，我下车时忘了带座席上的随身听电池，他特意跑来递给我）。那时我还是中国旅行的初学者，不知道不可对着车行方向而坐这个铁的守则。中国人满不在乎地从窗口扔所有东西，若开窗坐在窗边，有时会遭遇意料不到的灾难。啤酒瓶啦橘子皮啦痰啦鼻涕啦，各种各样物件从窗外嗖嗖飞过，弄不好很可能受伤，下场更凄惨亦未可知。仅仅异物入眼或许还算幸运的。话虽这么说，毕竟痛得我睁不开眼睛，遂去哈尔滨站附近的铁道中央医院那里就诊。

建筑物说极有派头也好，反正十分古老。就诊手续简单至极，在挂号处写罢名字即被直接领去眼科疗室，在那里，一个武斗派肌肉发达型体质的中年女医生一边莫名其妙地哇哇大叫着（尽管我认为并非声音大就可让我听懂中国话）一边给我洗眼，取出异物。不过只要把这个忍受住也就过关了：等待时间为零，连拿药才付费三元（四十日元左右）。反正什么都压倒性便宜。我费解地问中国人：“这么便宜为什么医院还空空荡荡啊？”对方照例做出“瞧你小子问的什么呀”那种大为诧异的神情：“这还人少？是问人少吧？就这样的嘛！中国人都不怎么上医院的。”真是这样吗？若是日本，医院那地方基本总是人满为患，看一点儿小病都要在候诊室整整耗上一天。如此接二连三体验种种事情的时间里，中国这个国家对于我渐渐变得难以捉摸起来。

这天傍晚，眼睛再次痛不可耐。异物算是取出来了，但好像得了轻度结膜炎，眼睑内侧沙沙拉拉泪流不止。这次去了哈尔滨市立医院。之前去了松花江近旁一家正面矗立着毛泽东巨大铜像的名叫“人民解放军医院”的甚有威严的医院（因为眼睛就在这家医院旁边开始痛的），但那里诊疗时间五点就结束了，遂转去市立医院。市立医院的眼科医生是一位中年女医生，显得比石田亚由美①还要疲倦。所幸此人远比前一位医生文静，一点儿也不可怕。同样洗眼，给了眼药水和软膏，费用同样三元。看情形这大概是中国这一地区看眼睛的共同行情。最后，她脸上浮现出像是从文革时代遗留下来的凄寂的微笑，静静地告诉我：“睡前涂上软膏，马上就会好的。”这里也空空荡荡，没有等待时间。

---

① 日本歌手，原名石田良子。

根据我的经验，就眼科治疗而言，中国的医疗状况甚是可歌可泣。便宜，快捷，技术好（至少不差劲儿）。不过怎么说呢，中国医院里面非常暗，或许也有同日本医院相比照明本身存在着物理性幽暗这个原因，总之整体上笼罩在卡夫卡式的郁闷气氛之中。蓦地，我产生一种超现实主义恐惧——假如不小心开错一扇门，那里面说不定又有中国式异乎寻常的情景展现出来。只是取出眼中异物倒也罢了，而若是更大的病，我可不大想在这里彻底接受关照的。

从海拉尔到诺门罕

从哈尔滨站再次乘上列车，赶往海拉尔。这回坐的是中国列车中最高档的“软卧”，单间，彻底实行预约制，所以和上次不同，途中极为舒坦。去厕所时不会被人抢走座位，也没有小孩子在地板上撒尿。晚间上车，舒舒服服喝着芝华士看埃拉里·奎因[①]的《希腊棺材之谜》。困了就躺下，醒来已经到了内蒙。勉强算得上问题的，一是枕头花花绿绿，二是在同一单间和一位少妇度过一夜，不过不是什么大问题。厕所照旧近乎崩溃状态，这个也照旧想开些就是。所幸服务员往保温瓶注入大量热水，我取出自带的青山“大坊”咖啡豆在单间里泡咖啡受用。如您所知（或许不知），中国不存

① Ellery Queen，美国侦探小说家弗雷德里克·丹奈（1905—1982）和曼佛雷德·李（1905—1971）合用的笔名。两人的主要作品有《罗马帽子之谜》和《Y的悲剧》等。

在好喝的咖啡，只能自带材料和用具。

进入内蒙，周围风景整个变样。在此之前是无限铺展的绿色平原，而早上5点醒来拨开窗帘一看，已是山中。大兴安岭！若干车站掠过，若干城镇掠过。早晨好像很冷，尽管时值7月，不少人仍身穿外衣和风衣。车站上的人们长相也约略不同。总的说来，中国东北人肤色较黑，眼窝下陷，脸形瘦长，个子高大。但到了这一带，人长得有点儿像蒙古人，整体上多为圆脸盘、高颧骨、面部扁平。另外穿的衣服色彩艳丽，俨然民族服装。穿马靴样长靴的男子也多了起来。

此前窗外接连不断的是平坦得让人不耐烦的绿色田野，而进山以后田园风光没了，眼前出现的是草原上星星点点的牛群猪群。以棍代鞭的小孩子赶着猪群移去什么地方。水洼中有家鸭浴水。在一个叫牙克石的车站，很多人一齐挤上车来。不知何故，一个企图扛着自行车上车的男子突然被警察逮住，噼哩啪啦打一顿带走了。

翻译说（我和松村君一般总是自己随意旅行，但这次采访也是因为接待方面的关系，请了翻译），牙克石这地方林业工人多，为此人们的脾气相当暴躁，文革期间有很多人在这里遇害。死了多少人我没问，既然中国人说“很多”，想必真的很多。如此想着往窗外看去，城市给人的感觉就好像相当桀骜不驯。

城郊紧挨紧靠排列着寒伧的小砖房，哪家房顶上都竖起一条电视天线。因为全是平房，所以天线都绑在长竹竿样的竿子上端，看起来活像是光竿丛生的杂木林。倒不是说有什么特别奇妙，但到底是奇妙的光景，气氛很像日本公寓楼阳台上并列的卫星电视接收天线。我心想，信息这东西简直就像阿米巴虫一样因场所和状况的不同而表现为各种各样的形式。“一个村子安一个公用大天线就好了，可中国人不那样，都喜欢自行其事。”翻译说。日本也并不例外。

一旦进入内蒙，往下便是同样光景的持续。牛猪牧群，红砖小镇，朝着蔚蓝天空喷吐白烟的工厂烟囱，电视天线丛生的村落，这里那里流淌的河流，大约上班路上踩着自行车等待道口开闸的朝气蓬勃的红脸蛋年轻女子，站在铁路边一动不动盯视列车驶过的老人，车站建筑物上同汉字一起书写的仿佛勃然翘起的胡须的蒙古文字。

到了早上，同室少妇的丈夫（四十光景）进入我们的单间。他说他在同俄罗斯接壤的满洲里做个体贸易，这就领妻子和小孩返回那里。从中国带去俄罗斯人需要的东西，再从俄罗斯带回中国人所需之物，说简单也是简单到极点的经济行为，不过生意好像不坏，瞧不出多么有钱，但支付一等卧铺费似乎根本不当回事。他显得很困，说买票时卧铺车满员了，只买到一个铺位，说完随即取代醒来的太太钻进铺位呼呼大睡。我们在海拉尔下车时他还在酣睡。下车时我蓦然心想，此人此前留下怎样的命运轨迹、此后的命运轨迹又是怎样的呢？我忽然涌起一股冲动，很想直接跟去满洲里，再越过国境线一直跟他到俄罗斯，将他的种种情况看个究竟。我时不时被这种没来由的好奇心俘获，但当然不可能那样——这么着，我无奈地在海拉尔下车了。

海拉尔这座城市让我不由想起开拓时代，大概是路宽、灰大、天空高和平房多的缘故吧。尤其街上行人的形象总好像散发出一种野性。同充满经济动感的大连（建成北方的香港！）和长春不一样，几乎没有梅赛德斯·奔驰在这里奔驰，万宝路的广告板也没有。自行车数量多得就好像时针倒转了五六年。从沿海地区进入内陆，经济状态之差显而易见，但与此成反比，天空一片蔚蓝，空气愈发清新。

海拉尔虽是内蒙辖地，但住在市内的大部分人不是蒙古族人，而是“汉人”。蒙古族人和其他少数民族集中住在市外的点点处处，因为历史上后来移居到此的汉人掌握着地方经济实权。但蒙古族人和汉人长期相互混合，其结果是这里人们的长相和走路方式同迄今见过的“本土”中国人看上去有很大区别。海拉尔虽是开放城市，但没有多少历史建筑，又没有什么风景名胜，以观光为目的来此的人恐怕很难消磨时间。实际上来这里的外国游客也好像基本上是“满洲国”时期在此居住过的日本人。

海拉尔差不多惟一像样的观光设施是个名叫“望回楼”的瞭望台，位于郊外一座小山顶上，我们去那里看了。三年前建的，也同近年建的中国建筑物一样化为轻度废墟，墙壁有了裂纹，天花板上出现莫名其妙的窟窿。较之从瞭望台瞭望市容，我对观看瞭望台本身更感兴趣。但不管怎样，从这里可以遥望市容。瞭望台脚下排列着旧关东军的砖瓦结构旧建筑。

关东军为了对付可能到来的苏军进攻，在海拉尔郊外山上修建了名为“海拉尔城”的大规模地下永久工事，目的在于阻止苏军强大的机械化部队，在那里进行持久战。军队使用强征的中国劳工突击施工，施工当中由于劳动条件极为严酷，致使很多劳工死去。好歹活下来的人也出于保密（即灭口）目的而在完工时遭到集体杀害。山头附近有集中扔死尸的万人坑，埋有大约一万名中国劳工的尸骨——在海拉尔，给我们当向导的导游员这样说道：“日军是用铁丝穿进劳工的脖颈，把他们带来这里杀害的。挖出一看，脖子上全都带着铁丝，就那样化为白骨。”从山上看去，的确，绿色草原中惟独那里裸露的泛白沙土如小山一般隆起。他所说的在何种程度上属于正确的历史事实——就是说是否果真杀了一万人——我当然无法充分证明，但至少住在海拉尔的中国人至今仍确信那是史实（从当地几个人的嘴里听到过大体相同的内容），归根结底，我想那恐怕才是最为重要的。根据战争期间日本军队在中国其他地区干的实在太多的海拉尔式行为加以类推，那样的事在这里也确实（或以相当高的概率）发生了。当时致死的中国人数字一万也好五千也好两千也好，此时存在于此的事态本质都不会因其数字的变化而有大的变化。

那个秘密要塞我也到了。较之山，更接近于略高的丘，表层交错纵横地布满了洞穴，如蚁窝一般整个成为一座要塞，甚是壮观。平缓的山坡上至今仍有开始崩塌的很深的防坦克战壕剩留下来。出于彻底保密目的，要塞那俨然迷宫一般的地下通道究竟伸往哪里，其全貌现在仍没弄清楚。为了抗受任何程度的猛烈炮击和轰炸，钢筋混凝土浇得惊人的厚，并且到处都有坚不可摧的铁门挡住去路。因为用尽所有手段都不能打开，那些门只好照原样放在那里不管了。我也拿手电筒走进几步看了看，里面漆黑一团，空气如冷库一般冰冷。听导游说，要塞里面，从医院到食品贮藏库，大凡长期坚守所需之物无不齐备。很久以前，我在尚未统一的东柏林看过纳粹修建的同样的地下要塞。那也是用来对付苏联坦克的，建在同样略高的山丘上，即所谓赫尔曼·格林夸说“永不陷落”的极为可观的要塞，但最终什么用也没有。一如历史所证明的，永不陷落的东西在这世界任何地方都不存在。

走在要塞顶部的地面，到处都有类似换气孔的残缺孔露出。1945 年夏越过国境线从满洲里方向攻入的苏军第三十六军，以四百辆坦克也未能攻下这座坚牢至极的地下要塞，最后从换气孔往里面注入瓦斯，再把出口封住，展开彻底的歼灭战。

无论在中国一侧的内蒙还是在蒙古国，我最为惊愕的是到处都有二战和诺门罕战役的痕迹以与当时几乎完全一样的形态剩留下来，而且大多数场合并非像“原爆 DOME”[①] 那样是有明确目的“保存下来”的，只是听之任之地剩在那里。这在日本是很难设想的。因此，实际在眼前看到，不由心里感慨：噢，想来，战争在五十年前刚刚结束，五十年不过是一瞬之间啊！而在日本生活，感觉上五十年时间几乎与永远无异。

从海拉尔我们乘长途汽车（听说费了好大的劲才弄到票）去新巴尔虎左旗。旗是过去就有的蒙古行政区，此镇负责那个旗的行政管理。这里是未开放地区，不经政府许可，外国人不得进入，拍照之类也颇受限制。既是这样的地方，当然没有宾馆那类玩意，我们住在解放军的“招待所”（接待军方来访者的设施）里。到底是军队经营的，态度冷淡得不得了，不到晚间根本没水。走廊门前五颜六色的痰盂一溜排列开去，感觉很有些像电影《巴顿·芬克》[②] 中的场景。

① 日本广岛保留的遭受原子弹爆炸的圆顶形建筑物残骸。
② 1991 年上映的美国惊悚电影。

厕所倒是冲水的，但由于水冲不下来，哪个都有大便原封不动保留着，臭味无可救药地四下弥漫。刚进建筑物时还以为进了巨大的公共厕所。不过这怕也是理所当然的——或者不如说，到达这里时已经不把这类事情放在心上了。

从海拉尔到这里坐长途汽车约四个小时，道路（或者相当于道路的）是从茫无边际且一无所有的草原穿过的坏路，一路颠簸不止，不用说对心脏不利。司机看样子对来回走这样的路早已处之泰然——世界上有各种各样的人生——他轻快地躲过大的坑洼，以七十公里左右的时速驱使长途汽车风驰电掣。总的说来坑洼躲得确实巧妙，但有时没躲好，致使脑袋“砰”一声撞在窗上，或险些咬掉舌头。如此持续四个小时，着实烦不胜烦。但很快就明白了，这不过是我往下所吃苦头的一个小小序幕罢了。

新巴尔虎左旗这地方比海拉尔还要原始、粗野，其情形只要想像一下电影《原野奇侠》（Shane）中的开拓者居住区（杰克·帕朗斯用手枪残杀农民的那个泥泞不堪的小镇）即可。一条足够宽的沙土路从镇的正中间笔直穿过，两侧排列着垂头丧气的凄凉的建筑物。车变少了，骑马的人显眼起来。人们的服装更加花花绿绿，动物大模大样地往来徘徊。

从中国“本土”来到内蒙古自治区的海拉尔时，我已经对人们相貌的变化深感惊讶，而从海拉尔到这里一看，又觉得像进了另一世界。

第一——这么说或许不合适——街上走的人怎么看都不正统。同此前旅途中见到的农民型长相相比，此地人的长相属于截然不同的世界，让人实实在在觉得这里不折不扣是采集游牧民族的地方，他们是这里的居住者。或许以前没怎么见过外国人，我们每次外出，他们都眼盯盯地注视着我们。眼睛好像几乎不含任何感情。与其说因为好奇而看，不如说仅仅因为我们是异物才看的（采集倒没采集）。恶意可能没有，但具体如何我不得而知。被人险些把脸看出洞来，心里难免不大是滋味，而若看的人是当兵的，气氛就更加紧张了，真怕出点什么意外。年轻士兵大多邋邋遢遢，或解开衣扣，或歪戴帽子，或叼着烟卷，活像从前日活[①]电影里的阿飞。

离开这很难说是充满温情的新巴尔虎左旗，又沿着大同小异的坑洼路花三小时奔向诺门罕村。听说一下雨路就泥泞

① 日本电影制片厂名。

不堪，陷得车轮动弹不得，所幸尽管是雨季，我们却没遇到雨。坐在长途汽车上就路况说三道四，想来也够奢侈的。查阅历史记录，参加诺门罕战役的大部分日军士兵可是全副武装远远地从海拉尔徒步赶到国境地带的，大约在荒野中行军二百二十公里（相当于从东京到滨松的距离）。说体力超强也好，耐力出众也好，反正得知以后不由对往日的人大为佩服。问题是，“步兵通常期望行军速度为一小时六公里”（科克斯：《诺门罕》），而若不休息地连续行军四五天，即使身体再结实，差不多所有的士兵也无疑在进入战斗之前就已经疲惫到了极点。何况他们还在渺无所见的草原当中为慢性缺水所困扰，我想实在是够受的，毕竟路程长得坐车都坐腻了。但作为实际问题，当时的日军即使征用了所有的民用车辆，也无法凑够运兵所需的汽车，那也是没办法的事。巧妇难为无米之炊。同整治好万无一失的补给路线后才重新转入有组织的攻势的苏军相比，其战略构想本身就是另一种东西（这是我去外蒙一侧察看后再次切实感受到的）。看书，书上只记载“××部队从海拉尔徒步行军至国境地带”，看的人也只是作为知识认识到“是那样啊”那个程度，而实际来现场一看，面对那一行为意味的现实性艰难困苦，我不由瞠目结舌，同时也深切感到当时日本那个国家是何等贫穷。为了使日本这个贫穷国家生存下去而在“维持生命线”这一“大义”之下侵略中国这个更穷的国家，真是无可救药。

就能实际感受到的来说，当地蚊虫的攻势就十分了得。有风吹来的时候倒还好，一旦草原上的风停息了，或者进入风吹不到的地方，大凡所有的蚊虫就以人为目标汹涌袭来了。苍蝇、蚊子、牛虻、飞蚁以及其他不知名称的长翅膀的飞虫拼死拼活围上身来，衣服上黑压压的一层。进入 7 月，草原经常下雨，由此形成的水洼滋生出大量的蚊虫，蚊子毫不客气地扎进皮肤，难受程度无法形容。再热也要扣紧帽子穿好长袖衣服和长裤，还要戴太阳镜，用毛巾围住嘴巴——若非“全共斗”[①] 打扮，休想在此活命。

战斗在诺门罕展开和我们到访是同一季节，士兵们同样遭受蚊虫袭扰。有记载说，日军士兵都有携带型蚊帐，受害还算少的，而苏军因无此准备，大受其害。即使苏军，也没有针对夏季在蒙古草原作战的专项技巧进行彻底研究。不

① 全称为“全学共斗会议”，1968—1969 年成为日本大学生的主要运动组织，掀起以反对日美安全保障条约为主的轰轰烈烈的学生运动，后被当局镇压。

过，在孤立场所身负重伤的日军士兵遭受了无数苍蝇的折磨。“若是普通银蝇，由卵变蛆需三天时间，但诺门罕的蝇卵不到十分钟就变成了蛆，快得只能视为魔术。蛆眼看着爬满尸体，从柔软部位开始侵蚀。不仅对死者，对负伤者也是一样”（伊藤桂一：《静静的诺门罕》）。作为文章，读到这里都不寒而栗，而实际前来被蚊虫忽一下子围住，更能切实感受到那种战栗。

诺门罕是个很小的小镇，前不久还是人民公社，如今成了普通的村（人民公社现在踪影皆无，一如没人穿人民服）。正是诺门罕村民赶着家畜移往夏季牧场的时节，只剩负责人模样的人和他的一家以及小孩子看管村子，即所谓的“留守宅”。村里空空荡荡，满身污泥的黑猪在大水坑里泡着。刚拿照相机对准，孩子们就哗一下四下跑开了。即使从很远的地方用望远镜对准，他们也分明看在眼里。“眼睛相当好使啊！”搞摄影的松村君感叹道。如此说来，进入内蒙之后，确是几乎没看见戴眼镜的人（总不至于眼睛不好的人统统戴隐形眼镜）。

村里有座不大的战争博物馆，里面陈列着日军遗物模样的东西，从枪支到水壶、罐头盒、眼镜等等，所有军用品都成行成列摆在展示柜里，俨然小学里的遗忘物品玻璃柜，导游说国境线那边的外蒙也有大体同样的博物馆，但那个规模大得多，展览的东西也很可观。过些天前去一看，果然如此。从这里到国境近在咫尺，遗憾的是不能过境，倒不是有铁丝网或围墙等肉眼看得见的国境线，但到底是无遮无拦无处藏身的辽阔草原，穿越国境之人马上会被眼睛好使的蒙古哨兵发现逮住，用不着什么铁丝网。

天黑以后，天空布满了数量多得劈头盖脑的星星。夏天日暮时分的草原风景，漂亮得叫人透不过气。然而，围绕着这块几乎没水、根本不能耕作且到处是蚊虫的土地，五十五年前人们竟然在这里浴血激战，数万之多的士兵被击毙、被火焰放射器烧死，被坦克履带碾死，被因炮击而崩塌的战壕活埋，或者不愿意当俘虏而自杀。还有数倍于此的人身负重伤，失去手脚。想到这里，心情不能不黯淡下来。这一带原本是牧民赶着家畜，按季节从这里移去那里的“谁的东西也不是”的土地，必须在此作战的几乎惟一的理由是军部的面子和“万一碰巧”这样的冒险主义算计。远离故土满身是血在痛苦不堪中不得不死去的当时的青年人，想必是死不瞑目的。

那天夜晚在诺门罕村吃了羊肉喝了白酒，有生以来第一次醉得人事不省，记忆彻底不翼而飞。听人家说，白酒的酒精度数在六十五度左右。这东西干喝了四五杯，当然一败涂地。觉醒已是第二天早晨，正躺在新巴尔虎左旗的宿舍床上。作为后遗症，即使在那以后过了将近一个月的现在，也几乎不能喝啤酒以外的酒。白酒便是这般厉害。

从乌兰巴托到哈拉哈河

从诺门罕村到蒙古国境虽然近得伸手可触，但遗憾的是不能从那里穿越，这点前面已写了。尽管拥有漫长的国境线，但现在从中国进入蒙古的口岸数量极其有限，且只能利用飞机。除此之外的方法，明确说来近乎“非现实”状态。不过凑巧传来消息说今年7月初的几个星期作为特别措施开放了新巴尔虎左旗那里的国境，准许当地人往来，于是心中大喜：lucky①！不料这也在即将开始之前不加任何解释地——似乎是这一带常有的模式——突然延期了。中国和蒙古的关系近来已改善很多，为什么还对这种极度不便的状态听之任之呢？想来令人费解。

我的想像是，虽说处于友好关系，但现实中两国的经济

---

① 幸运，好运气。

实力相差悬殊，蒙古方面害怕中国（汉人）经济长驱直入，中国方面担忧被国境线人为地“划线隔离”的蒙古族抱团或融合的倾向高涨——双方有可能因为如此情由而各自从两侧对交流进程予以刹车。我推想这一带的区域性政治重组将以很快的速度向前推进，不过，但愿别像南斯拉夫那样悲惨（因为我在内外蒙遇到的都是好人）。不管怎样，这种强行阻止流程的 Status quo[①] 应该不会持续很久。

由于这个缘故，我们从北京乘飞机到乌兰巴托，再换机到乔巴山，从那里乘吉普远远穿过大草原，好不容易到达哈拉哈河畔一个地方，却是三天前我们所在的诺门罕村极近的对面，真让人目瞪口呆。不过绕了这么个大弯子，我才得以真真切切地感受到蒙古草原的辽阔。横穿蒙古草原是怎样一种情形，读者可能想像不好，总之你认为就像乘一叶小舟凌波横渡于万顷大海即可。从乔巴山到哈拉哈河约三百七十五公里。说起三百七十五公里，大体等于东京至名古屋的距离，当然道路非常糟，算上中途吃饭和休息时间，足足花了十个钟头，其间擦肩而过的车辆屈指可数。四周是那样平

---

① 现状，原来状态。

坦，纵目望去，无论哪里、无论多远都是绿色的草场。作为实际问题，视之为海在感觉上反倒更容易把握，无休无止的上下颠簸也未尝不可以说同小艇冲浪的感觉相似。

和大海不同的是有时能看见野生动物。既是草原，草确实是多，但附近没有足够的水，适宜放牧的地区很有限。除了贝尔湖附近，基本看不见牛羊，人也几乎不住，只有种种野生动物自由自在、与人无涉地在那里活动。羚羊、蒙古鹰、鹤、狼、大野鼠、兔……还有许多不知名的动物都在路上屡屡撞见。只要有电线杆，可以说必有大大的蒙古鹰蹲在顶端，以锐利的目光四下扫瞄着寻找食物。这一带蒙古语叫“多尔诺多”（东）地区，除了如此空空荡荡的草原别无东西可看。多尔诺多草原曾是海底，可以不时见到海洋生物的化石。海拔在外蒙境内最低，夏天热得要命。旅游指南书上说人口仅有九万，相比之下，牛羊多达约二百万。不用说，特意到这种地方来的好事的外国游客没有多少。说得再明确些，几乎没有。

不过在军事上具有重要意义（同中俄两国接壤）。也许因为这个，交通比预想的便利。县城乔巴山有列车从莫斯科直接开来。这条铁路在诺门罕战役或进攻满洲时得到了高效利用。从乔巴山到“满”蒙国境附近的塔木斯库基地之间，过去好像铺有补充兵员及军事物资的专用铁路，如今已不复存在（至少我们听的介绍是这样）。反正只要是事关兵站，苏军就同关东军相反，是极为慎重地计算好了以后才采取行动。对于苏联来说，军事上最重要的事项，是利用铁路迅速有效地在欧洲战线和远东战线之间运送兵员和装备，并为充实这一系统而全力以赴。无论如何都要避免在欧洲和远东两线正面作战，而要巧妙地一次吃掉一方——这是苏联绝对的基本方针。所以，诺门罕战役结束后苏联马上进攻波兰，而后于1945年8月（德国投降三个月后）再次进攻满洲，这基本上没有任何不可思议之处。

诺门罕战役、对日宣战之后直到近年因改革而废除俄蒙军事协定的时间里，苏军在这一带驻有规模相当大的军队。因此之故，乔巴山的机场也像模像样地铺上了跑道——尽管多少有些裂缝——以蒙古机场来说，这是很罕见的。机场建筑物之类倒是没有，下雨时只能撑着伞耐心等待。算了，挑剔不得的。我们乘坐的俄制小型螺旋浆飞机的货舱里装有一具棺材，也罢，这也不足以发牢骚的。

这里给我们当向导的是蒙古军队的现役军官。何以让军人做我们的向导呢？这点我也不大明白。说到底，大概是出于两个原因，一是担心，担心外国人在国境一带转来转去；二是实利，作为向导，酬金有美元进账。也就是说，军方身兼挣美元的打工者和监督者两种职务。蒙古现在没有像样的产业，国际硬通币严重不足，游客但凡有事，在所有场合都被贪婪地索取美元。这个国家的旅游产业，较之设法增加游客的数量，遗憾的是更处于从少数游客身上榨取尽可能多的钱的阶段（同过去一段时期的中国相似）。不过反过来说，只要有美元，差不多的东西都可买到，差不多的事情都可办成。

坦率地说，我们这次采访被蒙古旅行社要了高得足以令我们惊讶的款额（当然是同蒙古物价相比而言）。但作为现实问题，没有可以取代的选项。以前就听说过，以个人资格租用吉普去东部国境地区的人，在现场到处受到国境警备部队毫不留情的驱赶。好不容易费时费力来此采访，若弄成那样子可就太惨了。与其那样，还不如花些钱，一开始就由军人带路来得明智。老实说，那种做法不怎么让人愉快。

带路的是一个名叫乔格满托拉的戴太阳镜的态度硬邦邦

的中尉——有两颗星，估计是中尉——还一个名叫那松贾格尔的专职驾驶员汉子（此人大概是中士）。吉普是冷冰冰的俄制军用吉普，有四扇门，却前后都不开窗（只开一个三角窗），车里堆着几个汽油罐，味道大得呛人。然而他们还大口小口地吸烟，又危险又喘不过气。无论舒适还是性能，同三菱帕杰罗相比，简直是全自动洗衣机和洗衣盆之差。这样的车竟单程要坐十多个小时，即使我随时随地随便诅咒什么，你怕也指责不了。

但是，作为代步工具，较之时髦的日本产四轮驱动车，当地人更喜欢这种简单粗壮的家伙，因为几乎所有地段的路况都一塌糊涂，这种车子没有各种各样“有也许方便、没有也不碍事”（即当代高度发达资本主义社会最大的商品）的物件，故障少，好用，全然没有例如自己不知如何下手的黑匣子那样的玩意儿，一切都裸露在外，有故障也能自己动手当场修好。汽油啦润滑油啦水箱啦都不挑三拣四，那一带有的任何东西——小便也好烧酒也好——只要放进去就能跑到目的地。便是这样的车型。在大草原正中车突然出了故障，弄不好很可能就此乌呼哀哉——在如此恶劣的环境中开车，此地驾驶员的世界观同星期日夜晚在涩谷一带开着朗克尔车[1]的哥们有明显差别，那是没什么不自然的。

中尉和我们在乌兰巴托委托安排旅行的旅行代理公司的经理是陆军幼年学校或什么学校的同学，似乎接受过“别出差错”之类的指令，尽管不习惯“武士经商方法”，但还是给了我们不少关照。旅途中顺便到了部队驻地，在那里喝了奶茶，吃了什锦奶酪和羊肉饺子。只是，我因诺门罕村的羊肉和白酒后遗症几乎没有食欲，照相的松村君肠胃不好（此人的长相足可狼吞虎咽地干掉蛇啦青蛙啦什么的，其实内脏很敏感，人不可貌相），两人差不多什么也没动，而这在蒙古是失礼的事。“怎么不吃？旅行时不吃东西，身体抗不住的！”乔格满托拉中尉热心相劝。但对不起，没心思吃。虽说非常失礼，但我们毕竟是来工作的，不能把身体搞坏。中尉好像肠胃不存在任何问题，在吉普车里也咕嘟咕嘟猛喝白酒。在那种活像自动洗衣机店烘干机的环境中，居然能那般大吃大喝，我心中暗暗佩服，不过对他来说好像根本无所谓。

“喂喂，也不喝酒，那么长的旅行你怎么熬得住呢？”他问。“日本人胃的结构天生不一样，旅行当中不怎么吃东

---

① 一种日本出产的轿车。

西。”我扯个谎敷衍了过去。看样子他好像没怎么相信。

我们要找的镇、或者不如说村落是一个叫松布尔（欧洲地图上一般标为“查加阿努尔”）的地方，位于诺门罕战役激战地之一哈拉哈河和乌尔逊河的汇合点——日军称为“川又”——对岸的小山上。松布尔没有宾馆那种乖巧的玩意儿，住的是部队招待所。虽是军官专用的蛮漂亮的住宿设施，但遗憾的是出不来水。牙不能刷，脸不能洗，当然也没有什么冲水的厕所。煮开了，水应该是可以喝的，但贮水罐的水里漂浮着各种各样的东西，在精神正常状态下无论如何也喝不下去。蒙古人自是不以为意，咕嘟咕嘟直接喝进肚去，但我喝了那东西笃定站不起来。喝干自带的少量矿泉水之后，往下十二个小时只能静静地忍耐干渴，够难受的。

因是在基地里，规定十点熄灯，酒一律禁止，但士兵们根本不当回事儿，全都开着灯吱吱哇哇喝到半夜。说给中国人听，中国人说“中国人民解放军纪律严明，绝对没那种事”。可能蒙古军队里没人说三道四，乐得逍遥自在。总之，在这个国家，劝酒基本无人拒绝，军队也罢，熄灯时间过后也罢。

翌日清晨，乔格满托拉中尉把基地里官最大的那姆索拉中校（此人也可根据气质大体推断出是中校）介绍给我们，说他将陪我们一起行动，带我们去国境地带转转。至于是出于友好还是仅仅因为闲着无事，个中情由我不大晓得。不过较之蒙古陆军中校，此人看上去更像是一大早在千驮谷商业街“秋季交通安全周值班室”转来转去的普普通通的老伯——这么说并没有什么恶意——或者说像是经营不下去的大相扑传授屋的出现酒精依赖症状的老板。我暗暗生疑：这样的人真能带路不成？但真是不可以貌取人。此人对国境地带的每个角落都像对自家房间结构一样熟悉（老实说，若让我画图，我连自家房间结构都记不清楚。这个不说也罢）。几乎没有路，无任何标识——我觉得——在如此惟有辽阔可言的大草原上一个劲儿驱车奔驰，不断向驾驶员发出“一直”、“向左”、“翻那座小山”等明确指示，有条不紊地把人带去各个地方。如若没有此人，我们恐怕只能在茫茫草原上来回乱窜，找不到任何像样的东西，没准还迷路闹出大乱子。无论在哪个国家，一看见穿制服的国家公务员，我的身体往往条件反射地僵硬起来（大约是世代性记忆的关系），而此人不管怎样在现实中非常有用。如此想着再一细看，但见他眼睛不时锐利地一闪。不管怎么说，他这个官最大的人不是用来摆架子的，怀疑他是自己不对。

但反过来说，我想这些人是很认真地负责国境警备的，认真得熟知这一地区的所有边边角角，就算有人想趁夜黑穿越国境也会被他们当即逮住。我问中校“有人偷越国境走私吗”，他没有给予明确回答，总之情况似乎是“并非没有”。蒙古高级消费品供应不足，若从中国带进录像机、照相机一类的工业品，肯定能赚不少钱。

哈拉哈河是蛇打滚一般扭扭弯弯的河，水流相当快，到处有沙洲出现。在举目别无所见的大草原上长途行驶之后，那青青的河流和岸边绿得发亮的茂密灌木，看上去简直如同生命本身一样生机勃勃。河西岸（苏蒙联军一侧）是较高的台地，相比之下，东岸（日军一侧）为宽阔峡谷般的低洼地带，因此日军——尤其是炮击战时——在地形上背负着巨大阻碍。从台地上，用望远镜即可历历望见二十公里外的诺门罕村。不用说，苏蒙联军司令官朱可夫元帅在那山丘上设了坚固的地下司令部，在将战场尽收眼底的情况下进行指挥。与此相比，从东岸只能看见如屏风一般沿河壁立的白色石崖。实际站在河的两岸眼望对岸，至今仍为景观的不同而惊讶不已。

松布尔附近的河汉南面建有一座很漂亮的钢筋混凝土桥。桥是十年前才建成的，那以前除了军用临时桥，永久桥一座也没有。村民骑马涉过浅水河段，冬天结冰就在冰上行走——“即使没有桥也没什么特别不便的”。较之为当地村民提供方便，想必此桥是为了让军用车辆通过而建造的。不过细看之下，动物比人远为频繁地利用桥面。桥的正中，牛群全都懒洋洋地东倒西歪，驱赶那些家伙过桥相当花时间。桥上到处是马粪、牛粪，当然也有相应的臭气。自不待言，此桥同《麦迪逊镇的桥》[①] 大异其趣。

那姆索拉中校最先带我们去的，估计是曾经激战过的高地。从河汉朝东南方向开吉普车跑二十分钟就到了。当然所谓道路那玩意根本无从谈起。高地的确切名称无从知晓。从地图上看，作为激战地而闻名的“诺罗高地”（当时日军的称呼）想必便在这附近，但不能断定。看上去原本像是坡势

① 我国译为《廊桥遗梦》。

徐缓的绿色山丘，但也许因为苏军集中炮击的关系，形状已彻底改变，植被体无完肤，砂土触目皆是。8 月下半月在苏蒙联军大举进攻之际展开的血肉横飞的围歼战即那场激战的痕迹在斜坡沙地上完完整整剩留下来。炮弹片、子弹、打开的罐头盒，这些东西密密麻麻扔得满地都是，就连似乎没有炸响的部分臼形炮弹（我推想）也落在那里。我站在这场景的正中，久久开不了口。毕竟是五十五年前的战争了，然而就好像刚刚过去几年一样几乎原封不动地零乱铺陈在我的脚下，尽管没有尸体，没有血流。

或许是因为气候干燥，加之地处无人来访的荒郊僻野，这些杂乱的钢铁制品依然原样剩留在这里。钢铁虽然都生锈了，但拿在手上也不至于片片剥落。发红的只是表面，弄掉红锈，下面活生生的“钢铁”仍在喘息。面对如此大量的钢铁残片集中散落在如此狭小的地方这一事实，我不能不茫然若失。如果进行历史分类，恐怕应该属于“后铁器时代”那样的时代。在那里，将大量钢铁有效地撒向对方的一方、以此尽可能多地切削对方骨肉的一方获得了胜利与正义，而将这不怎么样的草原的一块弄到了手中。

为了不忘记这震撼性场景，我决定拾起掉在脚下的一发子弹和臼形炮弹的一部分装进塑料袋带回日本。倒不是多么想要纪念品，仅仅为了不忘记——我觉得这是我惟一能够做到的行为。而且我也很想保留一件类似抓手的东西。

之后我们往纵深处行进了三十分钟，在绿草原的正中有一辆被弃置的苏军中型坦克。“如果有什么大件战争遗物就好了，想照一张相”——为了满足松村君的希望，那姆索拉中校把我们带到这里。这辆坦克，炮塔和机枪固然拆掉了，但其他部分基本完整无缺原模原样地留了下来。大概本想用钢缆把战斗中毁坏的友方坦克拖走而未能如愿，仍有钢缆拴在那里。我想，若运去什么地方弄成碎铁，多少能换一些钱，但蒙古人对回收废铁那样的麻烦事似乎没多大兴致。或许因为一来位置不好，卡车进不来，二来就算愿意回收，随之而来的运输成本也太高。不管怎样，草原因此而到处扔有五花八门的钢铁制品，使得我们至今仍可切近地目睹当时那白热化的“钢铁战役”，那淋漓酣畅的钢铁消费场景。如此顺利保存往日战场遗迹的场所，找遍全世界也恐怕没有第二例。

又转过几个战场遗迹之后，我们参观了松布尔壮观的战争博物馆。毋庸讳言，松布尔是世界尽头一般寒伧的小镇，然而有关战争的纪念物一应俱全，件件非同一般。博物馆本身也仪表堂堂，展品丰富，当时的贵重资料和各式武器、军用品等整理保存得井井有条。参观之间，可以清楚地看出蒙古人对诺门罕战役即哈拉哈河战役的胜利——毕竟将日军赶出了自己主张的国境线，因而是胜利——看得多么重要。但与此同时，我觉得如此大张旗鼓慷慨激昂的英雄礼赞也悄然而又生动地暗示了哈拉哈河战役给蒙古这个小国带来的灾难是何等惨重。俄罗斯通过情报公开活动将以前隐藏的种种史料公诸于世，据此得知，哈拉哈河战役并非像过去苏联方面所说那样的是苏蒙联军“压倒性的辉煌胜利”，他们为此次胜利所不得不付出的牺牲的惨重程度并不亚于日军。日后若有更多的资料公开，对于诺门罕战役即哈拉哈河战役的历史观也肯定会大大改变。战争博物馆的馆长欢迎我们并亲自热情带领参观（人十分和蔼），遗憾的是由于停电的关系，馆内黑乎乎的，没法细看更多的展品。好像因为慢性电力不足，白天也要停电几个小时。

从松布尔到乔巴山漫长的归途中，在草原中间发现了一只狼。蒙古人看见狼必定杀死，几乎条件反射地杀死。对于身为牧民的他们来说，狼是看见就只能当场杀死的动物。爱护动物这类概念在这个国家根本不存在。驾驶员连一声“去”也没说，就让吉普迅速离开道路朝草丛开去。乔格满托拉中尉以熟练的手势从座位下面拿出 AK47 自动步枪，推上子弹舱——他把子弹舱装在黑塑料手提包里随身携带——而后打开吉普车门，探出上身瞄准，以单发点射逃跑的狼。在草原正中听起来，“啪、啪”——AK47 的枪声又干又小，没有想像的那么厉害，不是在电影声带中听到的那种震耳欲聋的轰鸣，莫如说颇有非现实之感，恍惚是在极其遥远的世界里进行的、与己无关的活动。我在脑袋里像考虑别人的事一样怔怔地想道：噢，我现在置身于草原正中，乔格满托拉在我身旁打狼！逃窜的狼的四周“嘭嘭”掀起着弹的沙尘。但狼动作极快，怎么也打不中，皮都没伤着。狼计算着自己同吉普的距离，利用身体轻巧的优点，飞快地改变方向奔逃着。最初的弹舱空了，乔格满托拉一边咂舌一边“咔”一声推上新弹舱。此人究竟准备了几个弹舱呢？驾驶员那松贾格尔一声不响地咬紧嘴唇，忽左忽右打着方向盘紧追不舍。说到底，狼从一开始就无望得胜。狼的四肢诚然敏捷灵巧，可惜它们不具备相应的耐力。它们或许能胜过马——蒙古人说胜负率基本是五比五——但在无遮无拦无沟无坎无枝无树一无所有的平展展的大草原正中，狼不大可能跑过四轮驱动车。因为汽车决不疲劳。那仅仅是大的钢铁机器，没有肺那个物件。十分钟，狼就彻底筋疲力尽，肺叶即将破裂。狼站立不稳，肩头起伏着，喘着粗气，做好精神准备似的定定地看着我们这边。狼知道怎么挣扎也无法逃脱，这里已别无选择，惟有一死。

乔格满托拉让驾驶员停下吉普，把枪身固定在车窗上，瞄准狼。他不慌不忙。他晓得狼已哪里也去不了。那时间里，狼以澄澈得不可思议的眼睛看着我们。狼盯视枪口，盯视我们，又盯视枪口。那是种种强烈的感情混在一起的眼睛，恐惧、绝望、困惑、无奈……以及我不知晓的什么。

只一发，狼便应声倒下。身体痉挛片刻，而后那也停止下来。小个头母狼。从季节推断，有可能是为孩子出来觅食的。我在内心祈祷这只干瘦干瘦的狼好歹逃开铁车和铅弹的追击，然而奇迹终究没有发生。凑近死尸一看，狼已吓得大便失禁，子弹打中肩偏后一点的位置。弹痕不很大，只渗出衣扣大小的圆形血迹。那松贾格尔从衣袋里掏出一把不小的锋利的猎刀（看来这些人手头总是备有自动步枪和猎刀），麻利地整个割掉狼的尾巴，然后把割掉的狼尾巴垫在狼的头下。这像是蒙古人的狩猎咒符，意思是“保佑以后再幸遇这样的猎物”。

打死狼后，我们都奇异地沉默下来。很长时间里几乎谁也没有开口。那松贾格尔把奇妙的俄语雷盖[①]磁带插进收放机，开始听音乐。夕阳向草原西边缓缓倾斜，绚丽的火烧云染红了云絮，天空由青变蓝、由蓝变黛之间，我们始终向西行进，就好像紧追下沉的太阳不放。但不用说，这回我们无望获胜。随着四周变暗，路面到处有野兔穿过。白天它们怕被老鹰逮住不敢出洞，都静等着暮色降临。如此说来，四下里再也见不到老鹰了。鹰们想必在这草原某处的巢中静静歇息，歇到明天早上。明天完了，后天来临，后天完了……

我们好歹返回乔巴山已是半夜一点了。总之累得死去活来，口都几乎开不得了。先喝了一通不很凉的啤酒，喝罢直

① reggae，1968年前后开始流行的牙买加黑人新流行音乐，歌词主要反映平民心声。

接倒在宾馆床上。不伦不类的城市不伦不类的宾馆不伦不类的房间（自来水整整流了一夜，声音大得惊人；门关不上；除了天花板垂下的电灯泡别无照明；气氛郁闷得要命），但这些怎么都无所谓了。只要能躺下好好睡上一觉就一切OK。何况，想到我此前住过的世界最尽头的不伦不类的宾馆，这个还算不错了。然而我怎么也睡不着。也许白天看到的刺激性场景太多的缘故。我无法忘记生锈的坦克、钢铁碎片所在皆是的战场遗址、被乔格满托拉射杀的母狼那凄寂的眼睛。我蓦然想起，随即从包里取出在沙丘沙土中拾来的臼形炮弹残块和子弹，拍掉沙土放在桌子上。它置于阴沉沉的宾馆一室的桌面之上，我不由得产生一种奇异的感觉，觉得时间的座标基轴正一点点地在扭曲损毁。这东西在宾馆房间里看来，同我在沙丘中发现时给人的印象有很大不同。我并非崇拜超自然物之人，总的说来在日常生活中是循规蹈矩的现实之人，并以此为人所知。可是，惟独此时却不能不感觉到某种“气息”浓厚之物的存在。我忽然心想，也许本不该把这东西带来，应该照样留在那里也未可知。但为时已晚。

深夜醒来，它在猛烈地摇晃这个世界，整个房间就好像被装进拼命翻滚的混凝土搅拌机一样上下急剧振动，所有东西都在伸手不见五指的一片漆黑中咔咔作响。到底发生了什么呢？是什么正在进行呢？我完全摸不着头脑。姑且从床上跃起，准备开灯。但由于剧烈晃动，甚至站在床上都不可能。说到底，灯在哪里都无从想起。我踉跄摔倒，而后抓着床头好歹坐起。我想肯定来了大地震，一场要让整个世界土崩瓦解的强烈地震。不管怎样得赶快离开这里。不知花了多少时间我才死活挪到门前，摩挲着按下墙上的电灯开关。就在那一瞬间，摇晃戛然而止。灯亮了，黑暗消失了，房间立时寂静下来，一切都难以置信地无声无息，什么也不摇动，时针正指在后半夜两点。究竟怎么回事呢？我莫名其妙。

随后我恍然大悟，摇晃的不是房间，不是世界，而是我本身。明白这点，一时冷彻骨髓。我无法把握自己手脚的感觉，在那里木然伫立。尝到如此深切、如此劈头盖脑的恐惧有生以来是第一次，看见那么黑的黑暗也是第一次。不管怎样，我不想留在这房间里了。横竖留不得了。不得已，我走进隔壁松村君的房间（凑巧这座宾馆的房间不能从里面锁住，为什么自是不知），弓身坐在昏死一般沉睡的他旁边的床上，一动不动地等待天明。原以为黑夜将永远持续下去，但四点过后，东边的天空终于一点点泛白，鸟也开始啼叫。随着晨光的降临，我身上冰块一般的恐惧也渐渐融化消失，就好像附体的邪魔脱落下来。我悄悄返回自己房间，上床躺下。已不再害怕。夜间卧床时感觉到的不快也没有了。我甚至反倒产生一种类似恬适的感觉。它同黑暗一起去了哪里。我就势在晨光中甜甜睡去，睡罢醒来。

从乌兰巴托返回北京，直接在机场换机飞回东京。机上的 NHK 广播报道说村山首相在那不勒斯峰会上病倒。村山首相？我离开东京时该是羽田首相才对。在这同一天，金日成主席之死成了事实。在我从满洲到蒙古转来转去的两个星期时间里，此侧世界有诸多事情在与我无涉地运转不息。而大约一个月后的此时此刻，我在远离蒙古草原的场所、在几乎可以说是与之处于两极的地方写这篇文稿。

但是，在乔巴山那座穷困潦倒的宾馆一室，我于下半夜 2 时体验的那场剧烈的世界摇晃仍分明留在我身上。至今仍能记忆那震颤、那恐怖的感触。那究竟是什么呢？我至今未得其解。我想了很多，但未能想出关于那件事的确切答案。那时我所感觉的恐惧的质是不能够用语言传达给别人的。那和从道路正中豁然开出的洞口遥遥窥看世界深渊是同一程度的恐怖——至少对我而言。

不过随着时间的推移，我开始这样认为了：它——其振动、黑暗、恐怖和气息——恐怕不是从外部突然到来的，而莫如说原本存在于我这个人的内面，不过是有什么抓住类似契机的东西而将它猛然撬开罢了。恰如上小学时在书上看的诺门罕战役的图片并无什么来由地俘获了我，且在三十几年后把我远远领去蒙古草原的纵深处……把我带去的地方真够远的了。可是我觉得——我说不大好——无论去多远、或者不如说去得越远，我在那里发现的也只是、或者越是我自己本身。狼也好，臼形炮弹也好，停电当中幽暗的战争博物馆也好，归根结底恐怕都只是我自身的一部分，它们恐怕只是在那里静静等着我前去发现罢了。

但至少我决不会忘记它们在那里和曾在那里。不忘，我能做的事仅此而已，大概。

横穿美国大陆

1995年6月，为《森罗》杂志分两期写了这篇文章，收入书中时做了加工。同行者又是松村映三君。能够不屈不挠陪我如此长途跋涉的摄影师除他别无第二人。实际握着方向盘横穿大陆，就会明白美国这个国家真是大得不得了。地区不同，文化啦服装啦也随之哗哗作响地变得不同。另外令人感叹的一是汽油便宜，二是几乎没有收费公路，三是饮食和住宿设施无可救药地单调。若问是否还想横穿一次，我只能扭头沉思：这个嘛……

作为一种病的旅行，牛的价格，无聊的汽车旅馆

很早以前我就想——准确地说是一直梦想——好好花时间驾车横穿美国大陆。问我去那里有什么目的我也没法回答，因为根本没有什么特殊目的，仅仅是一种愿望罢了：从大西洋岸边到太平洋岸边，翻山过河，把美国大陆一气划开！若明快断言“行为本身即是目的”，那倒是够潇洒的……

不管怎样，这踏上漫长旅途的行为之中，毫无疑问含有某种不由分说——如果不能称之为发疯的话——的东西。说到底，何苦非做这种莫名其妙的事不可呢？花时间，费用也小瞧不得，又只落得个徒劳无益，甚至可能祸从天降。不，还是说“‘祸不从天降’偶尔也是有的”来得痛快。Scrabble Game① 的广告复印件上总是说“早知如此，在家里玩 Scrab-

① 2—4 人在室内玩的一种拼字游戏。

ble 好了！”漫画中也常常出现遭遇各种灾难的可怜的旅行者。每次看那广告，我都大大点头：是啊，正是。旅行就是灾难陈列窗。实际上也是在家里玩玩 Scrabble 什么的远为稳妥。我们对此心知肚明，然而还是要外出旅行，就好像被看不见的力量拉起衣袖，踉踉跄跄地给扯到悬崖边上，然后回到家里，坐在柔软而熟悉的沙发上，深感还是家里好。是这样的吧？

不如说，这类似于一种病。我们（至少我）从书架上取出地图翻开，放在桌面上定定地注视。地图是个富有诱惑性的东西，上面铺展的是自己尚未去过的地方。它稳稳地、默默地而又挑衅性地冲着我们。闻所未闻的地名比肩接踵，涉所未涉的大河流淌不息，见所未见的高山连绵不断。不知何故，湖泊和海湾也显得风情万种，连不三不四的沙漠看上去也那么浪漫，那么难得。

盯视着地图上自己未曾到过的场所，一颗心就像听到女妖的歌声一样被迅速吸引了过去，胸口怦怦直跳，肾上腺素如饥饿的野狗一般沿着血管横冲直闯。我知道自己的皮肤寻求新风的吹拂。机会的气味犹如破城棰一般急剧地敲响门扇。我觉得一旦去到哪里，就会碰上足以使人生发生激烈摇晃的重大事件（其实那样的事只能发生在极为象征性的领域）。

如此这般，我照例同搞摄影的松村映三君两个一起动身，踏上为时两个多星期的漫长的横穿美国之旅。路线不是有名的往南转的“Route 66”，而是半拉子内行人所钟情（具体如何不得而知）的北转路线。伊利诺伊州、威斯康星州、艾奥瓦州、明尼苏达州、南达科他州、爱达荷州、怀俄明州、犹他州……而且要充分投入时间，不走枯燥无味的州际高速公路，而以地方性的后方道路为主。

不过，我自己的大众 COLLARD 用来长途旅行未免有点辛苦（屁股痛，行李放不多），决定租用沃尔沃 850 客货两用车。一开始也想租用传统型号的美制旅行车，但亲眼见到实物，却不由为其恐龙般的非现实体积所压倒，终究不战自退。想想那玩意停成一排都冒冷汗。老实说，沃尔沃虽然不能说多么富有刺激性，但车座状况极好，两个星期坐下来身体几乎不痛，腰有问题的人不妨一用。

“那样的旅行无论如何也奉陪不起，我还是回东京落个轻闲算了。”我把这么表示的老婆从波士顿的罗甘机场送上飞往成田的飞机（想法相当明智），然后直接奔赴西海岸。我们的目的地是大约八千公里外的洛杉矶长滩。

首先从马萨诸塞州穿过纽约州，从尼亚加拉一带暂且进入加拿大（尼亚加拉那地方去多少次都让人心烦），造访家住多伦多的日本文学研究专家特德·格森。很久以前他就邀我前去，遂利用其好意顺路去了那里。特德本是美国人，因越南战争期间讨厌当兵而搬到加拿大，就势定居下来。他在距多伦多一小时远的一座山里拥有隐居用的小别墅，我们住了进去。深山老林，听说有河狸、豪猪、鹿、狼和浣熊等出没。喝着葡萄酒，听着鲍勃·迪伦的老唱片（唔，我们就属那一代），烤着大马哈鱼，吃着院子里摘来的芦笋，一个晚上说了很多很多话。还有……啊，不好写这个。

再次从加拿大穿过国境，朝底特律驶去。接着经过衣阿华州、印第安纳州赶往芝加哥，一路上没什么有趣的事。老实说无聊至极，不过是看着前方踩加速器，眼望驶过的印象平淡的景色罢了。每天平均行程约五百公里，两人轮换驾驶，住进怎么看都看不出名堂的汽车旅馆，早上吃薄烤饼，中午吃汉堡包，天天如此，周而复始。变化的惟有汽车旅馆：HOLIDAY

INN、COMFORT INN、BEST WESTERN、TRAVELOG……

不，准确说来也并非全都无聊。有一件事不能说是无聊，那就是车相当频繁地被警察拦住。其实我们开车并没有胡来（不错，在没人瞧见的亚利桑那沙漠正中，我们是听着埃尔顿·约翰的《英格兰制造》开出时速二百公里，但那终究是例外行为）。美国的高速公路只要不超过十五英里，一般不会被警察拦住。我们打算以十英里左右的速度跟在自然车流之中，不知何故却被拦住了。闪着红灯的警车尾随而来。

“哦，怪事，我们不该被拦住的呀！”正困惑不解之间，警车“呜呜”响起警笛，命令我们靠路边停住。但警察并没有查验我们的驾驶证，只把脑袋探进来左看右看，也没撕下违章票：“往下注意别超速。”只拿了一张警告票。

怪事！为什么单单总是我们被拦住呢？后来才弄明白，原来是由于我们开着其他州牌号的旅行车，后车窗贴着黑色遮光纸的缘故。加之松村君有外观上的问题：他晒得黑黑的，从远处看去活像西班牙血统。一句话，此乃毒品贩子的特征。所以警察一看见我们就警惕起来，命令停车以检查车厢里有没有可疑物，如此而已。

但说实话，这很让人吃不消，因为随时随地有蒙面警车目光炯炯地监督我们。假如松村君的外观同米老鼠或辛迪·劳帕①相似，我猜想不至于发生这样的问题。不用说，这不是他个人的责任。除了警车的问题，最初五天反正无聊得要死。

旅行终于变得丰富多彩是在穿过芝加哥进入威斯康星州之后。不，“丰富多彩”这一说法也许并不正确。实不相瞒，那里压根儿没有什么多彩的要素。说得确切些，不如说我们周围的环境变得“愈发无聊”更为接近实况。不过，那种无聊是和此前那些地方给我们的无聊不同的全新品种的无聊，对我来说未尝不可称之为极有刺激性。痛快说来，从那一带开始，我们总算进入了美国中心地区（heartland）的中心（heart）。

首先，车内播放的音乐种类整个为之一变，乡村音乐台压倒性多了起来，不管怎么按车内音响装置的搜索键，爵士乐和说唱音乐（Rap Music）都听不到，于是我阴差阳错地对乡村音乐的流行状况熟悉起来。不客气地说，绝大多数不

① 美国著名女歌手（Cyndi Lauper，1953—　）。

伦不类，惟独《得克萨斯龙卷风》这首流行歌曲还相当委婉动人（你是得克萨斯的龙卷风，我像一棵倒地的小草任你捉弄……）谁唱的不知道，但这首歌简直成了此次旅行的主题曲，在到达加利福尼亚州之前的路上不知听了多少次，耳朵都听出茧子来了。迈克尔·杰克逊的新歌之类仅仅播过一次……虽然也不是很想听。

在汽车旅馆房间里打开电视，早间新闻报完O·J·辛普森的审判进展之后，竟让我没完没了地听起了“本日家畜价格”，一个年纪蛮大的新闻播音员以一本正经的神情淡淡地报价：某品种某岁的牛多少钱一头，某某品种的猪多少钱一头……一如纽约之播报交通信息，夏威夷之播报海浪情况。根据所念数字的不同，播音员或约略感动，或蹙起眉头。是啊，美国是个货真价实的大国啊，我深切地感到。

晚间打开电视，常常看到乡村舞蹈盛会，头戴牛仔帽、脚穿彩绘长靴的众多男子和头发如棉花糖一般蓬蓬松松的花哨姐妹们随着乡村音乐步伐整齐地跳得兴致勃勃。虽说并无特异之处，但一旦看开了头，往下肯定看得忘乎所以。怎么回事呢？不可思议。

另外一点我不知道的，是这世上居然有乡村音乐专用MTV①。从早到晚无休止地播放乡村音乐录像，甚是了得。

车窗外见到的光景完完全全——或许堪称艺术性地——变得单调无聊起来。那里存在的仅仅是牧场、农场和时而闪出的招牌。无论何处、不管哪里、任你去哪，映入眼帘的只是牧场、农场和时而闪出的汽车旅馆招牌。此外几乎一无所见。

道路笔直笔直，直得像托尔斯泰小说中正直的农夫灵魂，让人无法忍受。只要视力足够，可以看到很远很远的地方。问题是看得再远也没有赏心悦目的景物，因为同样是农场、牧场和时而闪出的招牌。

偶尔对面驶过的车大部分是家畜运输车或敞篷卡车。从波士顿来艾奥瓦所受到的文化冲击，老实说，我觉得比从东京来波士顿还大得多。在这样的地方天天看牛、日日听乡村音乐，即使不是弗朗西丝卡（艾奥瓦州麦迪逊镇上的那个人②），恐怕也会对人生多少感到厌烦，我想。

---

① Music television 之略，美国专门播放大众音乐的有线电视。
② 指《廊桥遗梦》的女主角。

农舍的样式无论哪家都大同小异：正面有个大大的仓房，有个干饲料库，有长长的围栏。围栏里有许许多多牛。牛固然也是非常可爱的动物，但多看到底厌了。世间大多事物都有这种倾向——多看则厌——牛也不例外。不但看厌，久而久之，还对看牛这一行为实实在在地感到疲劳。想到世间何以必须有如此数不胜数的牛，不由变得心烦意乱。

每天无论开车跑多远，这样的光景都无休无止无边无际，甚至叫我产生了无谓的错觉，以为看过的牛又跑到前头等我们了。

居然来到了这样一个地方！说到底，以前我所看到的美国不过是这个国家很小很小的一部分。

风景已然如此单调无聊，而一日三餐所去的餐馆和每晚所住的汽车旅馆，其无聊的完美程度也有过之而无不及。彼此之间在无个性这点上是那样相似，一来二去，哪个是哪个竟然几乎没了区别。

选择汽车旅馆原理上很简单，实际做起来却异常困难。既然哪个都一样，那么选哪个岂不都无所谓？虽说心里这么想，但必须具体选择一家才行。所以一到黄昏时分，就以自暴自弃的心情全无根据地随便选一家出来：噢，这个可以吧！如此日复一日，自己身上原本应有的什么好什么不好的价值基准就逐渐摇摆模糊起来，不骗你。每当汽车旅馆这个图像浮上脑海，思维能力就差不多同时蒙上一层乳白色雾霭似的东西，我们被吞入状如特长管道的“持续性”之中。在那里，时间如金太郎饴糖[①]一般流移，前后区别无从察觉。昨天与明天的边界无从分辨，日常与非日常的不同无从知晓，感动与不感动的分野无从判定。那里存在的，仅是电视与床与浴室之类符号而已。电视与床与浴室，电视与床与浴室、电视与床与浴室，如此循环不止，无休无止，人心任其慢慢蚕食。

旅行期间我一直在写日记（无论怎样的旅行我都认真写日记，因为人的记忆——尤其我的记忆——根本靠不住），但关于美国中西部的汽车旅馆和餐馆到底半途而废——实在想不出有什么东西可写。因此，现在翻看手册也找不出什么，几乎清一色是汽车旅馆名称和房费，没有所谓特征。就算有特征，其特征也没有特征含义。不具有特征含义的特

① 一种日本手工制作的饴糖，做成日本神话人物金太郎的面孔图案。

征，类似排列无序的辞典，再打交道也无非浪费时间罢了，哪里也到达不了。

但有一点，我们在经过一个个如此平庸的汽车旅馆的过程中，就美国的汽车旅馆获得了一个宝贵经验，那就是：别住带有温水游泳池的汽车旅馆。

这是因为：第一，路边汽车旅馆的温水游泳池又小（十有八九）又脏，休想正常游泳。第二，由于建筑物中有温水游泳池（几乎都设在天井），整座建筑物潮乎乎的。总之，整个儿像一大桑拿馆，每每如此。我们给这类温水游泳池害得好苦，投住印第安纳州一个小镇的汽车旅馆时差不多彻夜未眠，难受得简直令人想起曼谷机场过境旅客休息室。诸位务必当心，千万别住带有温水游泳池的汽车旅馆。除此之外，关于汽车旅馆就没有什么好说的了。

关于餐馆也没有值得一提的。到底在那里吃了什么——为了维持生命肯定要吃什么——我几乎想不起来。一如不幸的幼儿时期的阴暗记忆被塞进意识壁橱的深处，而我又没心绪挖掘出来，全然没有。

镇名韦尔卡姆，西部唐人街，犹太人

美国有各种各样离奇古怪的镇名。明尼苏达州有个名叫“韦尔卡姆（WELCOME）”的镇。我和松村君在空荡荡平展展、除了牛几乎别无所见的中西部持续不断地向西行驶，有些累了，瞧见招牌便情不自禁地一晃儿驶下高速公路，心想到了镇上说不定会碰上什么好事、见到什么有趣的东西。镇的入口处竖着一块简易招牌：“WELCOME 人口 790 人。”我们大致从镇的这头开到那头（入口处稍往前一点点就是那头），是个再普通不过的中西部乡间小镇，除了镇名，其他谈不上有什么特征。进了镇也没有人围上来呜呜哇哇口称“欢迎”，没有满面笑容的妇人向远方来客献上一杯冰红茶。相反，一辆似乎怀疑我们来历的警车尾随了好一阵子，让人不是滋味。哼，真想说一句这算哪家子 WELCOME……算啦。

这里的男人全都不约而同地头戴帽子。帽子不是斯泰特逊就是拖拉机厂的棒球样式。走路不戴帽子的人基本上没看见。黑人也几乎（或者不如说一个也）没见到。吸烟的人多。没怎么见到无咖啡因咖啡，没有人看布莱特·伊斯顿·埃利斯的书，没有温顿·马尔萨利斯的粉丝（大概），没有酥壳蛋糕（Quiche）。不知为何，海象一般肥胖的人比比皆是。有的餐馆要啤酒时，杯里却有橄榄——到底什么缘故呢？生来想像力匮乏的我想像不出。

听说在韦尔卡姆前面的南达科他州，一座深山小镇里有往日的唐人街遗址，遂去那里看了看。搞摄影的松村君是满世界专门拍摄唐人街的真正的“唐人街专家”，既然有唐人街，那非去一趟不可。

这座小镇名叫戴德伍德（DEADWOOD），金矿所在地，威尔德·比尔·希柯科曾在那儿的酒馆被枪杀，多少有点名气，如今作为赌场还算相当兴旺。一言以蔽之，就是把拉斯维加斯极度缩小，从中抽去豪华和时髦，再把天气恶狠狠弄坏的地方。主干道两旁一家挨一家全是赌场，大肚子的赌迷们小心翼翼地抱着装有硬币的塑料碗，面对自动赌博机“哗哗啦啦”摇个不停。我对赌博没兴趣，几乎所有赌场都过门不入，只参加了地下唐人街观光团。说是参加，其实团员只我和松村君，并无别人。大家都忙着赌博，没有谁突发奇想去南达科他州深山老林湿乎乎的洞穴里参观往日唐人街遗址(其心情不是不能理解)。入口有一个脸色阴沉沉的神经质年轻人值班，看样子真是无聊到了极点。

听说淘金热淘出了新的城镇，中国人从洛杉矶冒着印第安人的袭击，在马车的一路摇晃下远远赶到南达科他州的深山老林。没有一技之长的穷中国打工者只要听说有工作，即使万里之遥也不在话下。可是，为什么中国人在镇子下面挖出规模和迷宫一般大的东西呢？其缘由至今也不清楚。一种说法是中国人受镇上白人的欺侮，半夜不敢在地面走动（当时西部兵荒马乱)。另一种说法相反，是中国人为躲避白人世界、钻入自己的空间单独居住而建造了秘密地下家园。的确，地下通道中连吸鸦片和赌博用的小屋都准备好了。我一向对地下世界小有兴趣，看得津津有味。不过我想，大家动手挖洞，在一座镇子下面建造仅仅属于自己的“别镇”——当时中国人的想法和能量到底匪夷所思。

顺便说一句。在爱达荷州，我们同样为了寻找往日的唐人街而去了一座叫沃伦的镇。这里是地地道道的深山中的深山，路也没铺沥青。从一般公路进入沙土路，花了两个小时才好歹开到这里。风景诚然十分优美，但最近似乎发生过一次很大的山火，树林烧得一片狼籍。西部大多数的金矿镇如今都成了 ghost town①，惟独沃伦至今仍在开采，或者说是候补 ghost town。这是因为，这里仍有二十来人在有气无力地继续淘金。为此有一家以这些人为对象的小沙龙般的酒吧，此外别无店铺。生活物资由直升机运来。住在这座镇里，好像一下子进入了被历史潮流遗忘的场所。我走进镇上的酒吧，喝着百威生啤，吃着香菇汉堡包。女服务生虽不特别冷酷，但感觉上仿佛在说吃完赶快走吧。看情形不像是外国人受欢迎的地方。

酒吧里卖一种“白猫头鹰例行射击运动会”T 恤，当然这是针对鼓吹保护白猫头鹰的环保主义者的嘲讽。笑话的品位固然不太高，但终究是笑话。顺便提一句，我们的沃尔沃新车同这地方根本不协调，沃伦镇人只乘卡车，别说沃尔沃，乘别的汽车的人也一个也没见到。

---

① 被遗弃的无人居住的城镇，幽灵镇。

在淘金热时代，这里也有很多中国人赶来，挖金子、耕田种菜。他们住过的房子和用过的餐具现在还好端端留在那里。此镇（不如说是村落）有个农业局的小小农业站，一个往墙上涂漆的高中生模样的女孩向我们热情介绍了沃伦镇的由来。按唐人街研究专家松村君的说法，在这样偏僻的地方，中国黑社会也曾伸手进来，在为同胞介绍工作的同时通过赌博和鸦片把他们的钱卷走。卖淫过去好像也很盛行，有种种关于美貌中国姑娘的传说留下来。不过在农业站领到的正经资料里，关于赌博和卖淫只字未提。

不可思议的是，沃伦镇一带的石头全都闪闪发光，一派炫目，流经小镇的小河河底也金光灿然。拾起石头一看，原来有一层薄薄的金箔像青苔一样紧紧附在表面。起初以为没准这就是真正的金子，很卖力气地拾了一堆，继而心想这里不是传说中的 Zipangu①，不可能遍地落满黄金，自觉傻气，遂作罢。想必是只发光而别无太大价值的矿石。不过，在这往日的金矿小镇里，目睹着脚下沙石被太阳照得金光闪闪，

---

① 马可波罗《东方见闻录》对日本的称呼。意为“黄金之国”，引起了读者对东方的兴趣。

还是觉得像被狐仙迷住了似的。风景相当奇妙。虽说不是汉弗莱·鲍嘉主演的电影《黄金》，但黄金这东西或许真有一种令人心荡神迷的魔力。

翻过落基山脉，从爱达荷州一进犹他州，西海岸即在眼前。在犹他州，住在过去的塔夫茨大学同事查尔斯·井上先生（研究泉镜花[①]）的父母的花园里，因为查尔斯总是劝我去犹他州看看，说犹他州是个极好的地方。查尔斯的父亲是第二代日裔，战争期间因 reolcation[②]，从加利福尼亚送进了怀俄明州的收容所，战争结束后也没返回故乡加利福尼亚，而在相邻的犹他州定居下来，靠着白手起家，如今在一个叫加尼逊的小镇郊外拥有七百五十英亩农园，子女都是医生、律师和大学教授等专业人士。他们全是摩门教的信徒，不饮酒，不喝咖啡，由于曾来日本传教，日语非常好。他们的孩子到了一定年龄，也无一例外地在布里加姆·扬大学接受训练，然后作为传教士前往日本。

---

① 日本小说家（1873—1939）。著有《高野圣》等。

② 重新安置。此处指美国政府在二战期间对日本侨民的强行迁徙和安置。

战后为什么没有返回加利福尼亚州而改信摩门教呢——这样的例子少而又少——关于这点我到底没问，想必老人在收容所期间想了很多很多。住在旁边的老人的儿子、医生德怀特（和我同年）说："日本人在战争期间受了很多迫害，而摩门教徒在美国历史上也一直受迫害，这里面大概有相通之处吧。哪一方都是以勤劳为美德的规规矩矩的老实人。啊，倒也不是说所有人都那样……"

把摩托雪橇装进卡车，和德怀特一家去山上玩雪时（附近山顶6月也有雪），我问他："对您来说，世上最最宝贵的是什么呢？""家庭。"德怀特说，"没有比家庭更宝贵的，那是一切的基础。"卡车的仪表板上很自豪地摆着竞选高中学生会主席的英俊的儿子的照片。儿子高中毕业就将去日本传教。

不过，在犹他州不能喝酒让人很不习惯。全州所有人都滴酒不沾，无一例外，连咖啡也几乎不喝。我脑子里想两三天不喝酒又有什么呢，但真的不喝又有些想喝。人之常情。白天一般都很热，所以傍晚来临时很想"咕嘟咕嘟"喝一杯啤酒，然而无论去哪里都很难要到啤酒。镇上连酒馆也没有，旅馆里基本上不供应酒，于是只能大口小口地喝冰红茶。

在靠近亚利桑那州的锡达城投宿汽车旅馆，服务台里坐着两个黑西装白衬衣黑领带极有摩门教传教士意味的青年，我虽然心想恐怕不行，但口渴得厉害，慎重地问哪里有能喝啤酒的餐馆。毕竟快到州境了，难免有侥幸心理。两个青年皱起眉头，客气地（但不无冷漠地）答道："噢，对不起，您二位还在犹他州。"意思仿佛是：既然那么想喝啤酒，就去亚利桑那州喝个够好了！如果可能，作为我何尝不想那样，问题是到州境还要两个小时，而我不想再开什么车了。天热得要死，我们累得要死，累得像死狗，像一段木头。

出门问了很多很多人，听说镇郊有"类似"酒吧的场所。实际去那里一看，实在不成样子，再渴也没心情进门。以前在费城偏僻的乡间，我也到过同样有宗教性质的镇，进过外观同样阴沉的酒馆，因此十分清楚，那种地方肯定像《铁面具》中出现的地牢一样阴暗，感觉湿漉漉粗拉拉的，就像周围的破烂东西统统随风聚到了一处。进这样的地方喝啤酒，根本喝不出滋味。

只好死心塌地，吃了一顿没有酒精陪伴的味同嚼蜡的晚饭。之后在车里翻了个底朝天，翻出一罐几天前在加油站买下来以后扔在那里的如马尿一般温吞吞的百威，用旅馆里的冰块冰了，两人各分一半，一小口一小口喝了。尽管不解馋，但的确是最高享受。

犹他州风光秀美，地方特色也令人兴味盎然，不过说实话，进入亚利桑那州荒凉沙漠正中一座荒凉小镇，在第一眼看到的酒吧里要了冰镇百威啤酒"咕嘟咕嘟"大喝特喝的时候，我们还是舒了口长气。这个该遭天罚的世界上的无可回避的现实已经一点一点渗入我的体内，真真的，酷酷的。唔，人世就该是这个样子，我想。

过了亚利桑那州（就我们实际路过的部分来说，除了仙人掌和加油站，没什么值得一提的），驶入内华达州，即将到达赌城拉斯韦加斯。我这人向来对赌博没有兴趣，不过既然来一次有名的拉斯维加斯，日暮以后还是穿上茄克去赌了一回。买了牌，这里那里转动赌盘，随心所欲地把筹码放在上面，或许该说是 Beginner's luck①，居然碰巧凑到了一百七

① （赌博当中）好运气往往降临初学者头上。生手的运气。

十美元筹码。心中大喜，用赢来的钱一气买了许多旧唱片。拉斯韦加斯找起来也有几家旧唱片店，有的店里可以发现非常有趣的东西。

话又说回来，到底怎样性格的人会专门跑到欢乐之都拉斯韦加斯，在一股霉味的旧唱片店里一个劲儿找来找去呢？恐怕也只有因赢了一百七十美元而乐颠颠地径自离开赌盘那样的性格谦恭（或者说穷惯了）的人吧。

再说搞摄影的松村君，他比我厉害，在自动赌博机那里赢了满满两手的筹码，结果紧张得肚子急剧作痛，回房间大泻一通，泻罢面容憔悴地折回来说："呃，看来我不是适合赌博的啊！"估计是那样，全然不适合赌博。这么着，两人在拉斯维加斯既未穷困潦倒，又未一夜暴富，仅仅旧唱片又多些罢了。不过，时至如今，吉米·史密斯[①]的密纹唱片再多又能怎么样呢？

离开内华达州，终于进入我们旅行的最后一站加利福尼亚州。除了仙人掌一无所见的沙漠在四周无限铺陈开去，笔直笔直的高速公路在沙漠正中尽情伸展。只是，此前几乎没

① 美国当代的电风琴爵士乐手。

有车辆对面驶过的空空荡荡的州际高速公路忽然拥挤起来，颇像平日的东名高速公路①。爬完漫长的坡路，过得山顶，远方一个奇妙的白色巨块清晰可见，犹如失去归宿的魂灵。形状扁平扁平的，看上去像是能够直接放在盘子上，用刀一切两半。想了一会儿，终于明白原来那就是作为洛杉矶名胜的烟雾。

这很有些让人莫名其妙。看不见大都市的剪影，看不见太平洋湛蓝的海面，又不是作为什么特殊的东西出来迎接我们，只不过是让人翻过山顶瞧见远处有白色烟雾时心想“原来那就是洛杉矶”罢了，其中没有“啊，我们终于横穿美国大陆到达西海岸了”那样发自内心的激动——虽然也不是反高潮②。

类似感慨的心情，是在我们下了坡驶上洛杉矶郊外六车道的快车道，整个被那烟雾吞没的时候蓦然产生的：“啧啧，这可真是个大国，旅程真够长的了！”虽然这么说未免煞风景。

---

① 日本东京和名古屋之间的高速公路。

② Anticlimax，（电影）让观众感到失望的结尾。

走去神户

1995 年 5 月，独自从西宫走去神户。反正我想走一次试试。这篇文章没指望稍后在哪里发表，是为自己写的，归终也未能想起发表的地方，就收在这本书里了。写故乡是非常困难的事，写受伤害的故乡就更难了。此外再没什么好说的了。松村映三君后来沿着我行走的路线拍了照片。

1

我想一个人从西宫一带花时间走去神户三宫——动这个念头是今年5月的事。偶尔去京都办事，要在那里住一晚上，就直接转去西宫了。从西宫到神户，看地图也就十五公里左右。虽说决非近在咫尺，但我对脚力算是有自信的，再说也不是走起来多么辛苦的路。

户籍上我出生在京都，其实出生不久就迁往兵库县西宫市的夙川，又很快搬到相邻的芦屋市，十五六岁之前主要在这里度过。高中位于神户的山脚下，所以去玩的地方自然是神户的闹市区三宫一带。如此这般，成为一个典型的“阪神间[①]少年”。当时的阪神间——当然现在也可能那样——作为从少年向青年过渡的场所是很叫人心情愉快的。安静，悠闲，有一种自由自在的气氛，依山傍海，大城市离得很近。

---

① 大阪和神户之间，为日本主要工业地带之一。

可以去听音乐会、去旧书店物色廉价软皮书、泡爵士酒吧，也可以在艺术电影院看新潮影片。穿的衣服当然是 VAN 夹克。

去东京上大学和在那里结婚工作以后，就很少返回阪神间了。偶尔回故乡一次，办完事就乘新干线赶回东京。一来生活忙，二来在外国生活时间也长，还有若干私人情由。世上有人不断被故乡拉扯回去，相反，也有人总觉得无法返回，这种不同多数是因为命运的力量，而不是因为思念故乡的程度轻重。我看来好像属于后者，情愿也罢不情愿也罢。

父母一直住在芦屋市。1995 年 1 月阪神大地震后，房子几乎不能住了，父母很快迁往京都。这样，作为将我同阪神间连在一起的具体纽带，除了记忆的累积（我的重要资产）就荡然无存了。所以，从准确意义上说，那里已不能再称为故乡了。这一事实给我带来了若干失落感。记忆之轴在我体内发出轻微的吱呀声，极为物理性地。

然而反过来看，或许正因如此，我才想以自己的双脚一步步好好走一走，才想验证一下失去自然纽带的“故乡”在自己眼中是什么样子，才想从中查看自己的身影（或身影的影）呈何种状态。

还有一点，我想知道两年前那场阪神大地震给我长大的地方带来怎样的影响。地震后我去神户看了几次。不用说，其创伤的严重让我深受震动。但经过两年，这座看上去终于恢复平静的城市实际上发生了怎样的变化，那场巨大的暴力从城市中夺去了什么，又为城市留下了什么呢？我想亲眼确认一下，因为那恐怕是同我本身现今的存在有着不小关系的事。

我穿上胶底旅游鞋，将笔记本和小照相机装进挎包，在阪神西宫站下车，以此为出发点向西慢慢走去。天气好得需要戴太阳镜。首先穿过南口的商业街，上小学时常常骑自行车来这里买东西，市立图书馆也在这附近，一有时间就跑去，在阅览室里一本接一本贪婪地翻看各种各样的少年读物。因此，这一带让我感到十分亲切。

只是，最后一次来这里已是很久以前的事，商业街变得几乎看不出来了，至于其变化在多大程度上是时间推移带来的，多大程度上是地震的物理性灾害导致的，我无法作出正确判断。尽管如此，两年前地震留下的伤痕依然历历在目。建筑物倒塌后的空地就像掉牙后的豁口一样散在各处，预制件组装的临时店铺一家接一家地把它们连接起来。用绳子隔开的空地上，夏日的绿草一片繁茂，路面的沥青残留着不吉利的裂纹。同广为世人瞩目并迅速复兴的神户中心商业地段相比，不知为什么，这里留下的空白显得滞重、沉寂和深刻。当然，这也不限于西宫的商业街，同样带有重伤的场所在神户周围应该还有很多，多得说不过来。

走过商业街，穿过马路，便是西宫的戎神社，很大的神社。院内有茂密的林木，还是小孩子的时候，对我们小伙伴来说，这里是理想的玩耍场所，但那伤痕一看就令人心痛。沿着阪神国道排列的硕大的不夜灯，大部分失去了肩上的灯盏。灯盏就像被锋利的刃器削掉的脑袋一样，乱七八糟地掉在脚前的地面上，剩下的灯座成了失去意识和方向的石像，犹如梦中出现的象征性图像，一声不响沉甸甸地排列在那里。

小时候常去钓小虾（在拴有细绳的空瓶里放入面粉饵料投入水中，小虾就会钻进来，在适当的时候提起空瓶就行，很简单）的水塘上，老石桥崩塌了，无人理睬。水就像慢慢花时间熬煮过似的，黏糊糊黑乎乎。年龄不详的乌龟们在干巴巴的石块上不思不想地慢悠悠晒着龟壳。剧烈破坏的痕迹活生生的无所不在，使得这一带看上去甚至像是某种遗址。

惟独神社院内茂密的林木超越了时间，静悄悄暗幽幽的，和我记忆中的往日形象一般模样。

我在神社院内弓身坐下，在初夏的阳光下再次环视四周，让自己适应这里的风景。我想把风景自然而然融入自己的身心——意识之中，皮肤之内，作为“或许自己曾经如此的东西”。但为此要花很长时间，不言而喻。

2

从西宫走去夙川。到正午还有些时间。暖洋洋的天气，走得一快就汗津津的。不看地图我也晓得自己现在走在哪一带，但并非每一条路都有印象。过去应该走过，却毫无记忆。为什么这般没有记忆呢？我觉得不可思议。老实说，甚至可以称为困惑，就好像回家一看，家具全部换过似的。

原因很快明白了：空地的位置犹如正负极颠倒。就是说，本应是空地的早已不再是空地，而原来不是空地的如今成了空地。前者多数由空地变成了住宅，后者则大部分老房子因大地震而化为乌有。如此两个作用（相继）重合，使我记忆中的往日街区光景相乘式地变成了虚拟物。

夙川附近我住过的老房子也没有了，代之而起的是一排仿佛集体宿舍的建筑物。相距不远的一所高中，运动场成了地震灾民临时栖身的住宅区，我过去打棒球玩耍的那一带，密密匝匝地晾满了在那里生活的人们的洗涤物和被褥。凝目细看也几乎不见往日的面影。虽然河水一如往日地清澈动人，但目睹河床被混凝土加固得整整齐齐，感觉上总有些奇妙。

朝海那边稍走几步，进入一家小寿司店。因是星期日中午，看样子正忙于外卖。跑外卖的年轻人许久不归，店主接电话接得焦头烂额。整个日本随处可见的场景。我半看不看地对着电视喝啤酒，等着点的东西上来。兵库县知事就震后重建同嘉宾谈着什么。至于谈的什么早已忘光，现在也想不起来。

爬上防波堤，往日眼前一片大海，无遮无拦。小时候每到夏天就天天在那里游泳，喜欢海，喜欢游泳，钓鱼，每天领着狗散步。喜欢在那里一动不动地静静坐着。半夜从家里溜出来和同学一起跑到海边，捡来漂流木，升起篝火。喜欢海的气味，喜欢远处传来的海涛声，喜欢大海运送来的东西。

然而现在那里也没有海了。近山近海的阪神间对于土木建筑业来说是极为理想的场所，山削平后建起整齐漂亮的住宅，被填平的海上同样排列着漂亮的住宅，施工期间正是我去东京不久后开始的经济起飞、列岛改造热如火如荼的时候。

我现在在神奈川县一座海边镇子拥有住宅，在东京与小镇之间跑来跑去。这座海边小镇如今比故乡还强烈地使我想起故乡——说遗憾也十分遗憾——那里有还能游泳的海岸，有翠绿的山林。我想以我的力量保护这些东西，因为消逝的风景是不可能再回来的，暴力装置一旦被人打开就决不会关闭。

防波堤对面、曾经的香栌园海水浴场一带，周围已被填埋，形成一个不大的海湾（或池塘）。一伙帆船手正在那里捕捉风力。就在其两侧，往日的芦屋海滩上，排列着如集成电路一般呆板的高层公寓。近海那里，开着面包车和旅行车赶来的几家老小用自带的煤气炉烧烤，即所谓 outdoor[①]。烧烤鱼、肉和青菜的白烟，作为星期日赏心悦目场景的一部分，宛如狼烟一般向天空静静攀升。天空几乎万里无云。5月午后恬适的风景，甚至不妨说完美无缺。然而在我坐在混凝土防波堤上凝望曾有真正的海出现之处的时间里，那里存

---

① 野外，户外，户外运动。

在的一切就好像轮胎漏气一样在我的意识深处静静地、一点一点地失去现实意味。

很难否定那片平和风景中含有暴力的余韵，我觉得。那暴力性的一部分就潜伏在我的脚下，另一部分潜伏于我们自身的内部。一个也是另一个的隐喻（metaphor），或者二者是可以互换的。它们如做同样梦的一对野兽在那里沉睡。

跨过小河进入芦屋市。走过曾就读过的初中，走过曾居住过的房前，走到阪神芦屋站。看车站广告画，上面说星期日（今天）下午 2 时在甲子园球场有“阪神：益力多”day game①。于是突然想去甲子园球场看看。旋即改变计划，乘上开往大阪的电气列车。比赛刚刚开始，现在去，可以赶上三局。没走完的路明天继续不迟。

甲子园球场和我小时候的差不多，让人由衷产生一种亲切感，简直就像 time slip②。球场上有变化的，一是没人背着水珠花纹塑料罐卖 CALPIS③（世上好像没多少人喝 CALPIS了），二是外场记分板变成电子显示的（白天因此看不清

---

① 白天举行的比赛。阪神和益力多为日本职业棒球队的名称。
② 日式英语。超越现实时空而过渡到过去或未来世界。
③ 一种乳酸饮料的商标名称。

字)。球场的颜色一样，草坪绿色一样，阪神球迷也一样。地震也罢革命也罢战争也罢经过几个世纪也罢，惟独阪神球迷的着装不变，不是吗?

由于川尻和高津[1]的对投，结局为1比0，阪神获胜。虽说只差一分，但比赛没有太大刺激性。总的说来，几乎没什么看点。再说得极端些，一场不看也无所谓的比赛，尤其对于外场席的观众而言。阳光越来越强，口渴得不得了。喝了几杯冰镇啤酒，作为理所当然的结果，在外场的长凳上昏昏睡去。睁眼醒来，一时不知自己置身何处（我到底在哪里呢?)。灯影斜了，已经伸到眼前。

3

在神户，在眼睛正好看到的一家不大的新宾馆要了房间。住宿的客人大半是团体年轻女客，便是那一类型的宾馆。早上6时起来，抢在通勤高峰之前赶到芦屋川站，从那里继续不很长的徒步旅行。天空和昨天大不一样，阴云密

① 均为棒球队员的名字。

布，略略发冷。报纸上的天气预报极有自信地宣称下午开始下雨。专门预告坏信息，一如卡桑德拉[①]（当然说中了，傍晚我被浇成了落汤鸡）。

在三宫站买了早报，上面说在须磨新区（想必那里也是劈山造出的新城，地名不熟悉）有两名少女遭袭，一人死亡。“路魔”仍未被捕，线索也几乎没有得到。有小孩的居民为此惶惶不安。当时还没发生土师淳[②]遇害事件。不管怎样，都像是以小学生为目标的一种悲惨而无意义的犯罪。我基本不看报纸，连有这样的事件发生都不晓得。

报道的字里行间回荡着平板而又异常深重的令人不寒而栗的低音。我把报纸折起来，心想一个男人大白天在街上转来转去，有可能被人投以奇妙的目光。新的暴力阴影使得位于那一场所的我的新意义上的“异物性”呈现出来，我觉得自己似乎是卷入错误场所的不速之客。

我沿着阪急电车线靠山一侧的道路，不时迂回往西走去，大约三十分钟后进入神户市。芦屋是一座南北狭长的城

---

① 希腊神话中特洛伊王帕里斯的女儿，被阿波罗神赋予预言能力。因不服从神的旨意而受到诅咒，其预言亦不为人们所相信。曾预言特洛伊战争，后被杀。

② 日本神户的 11 岁少年，1997 年被 14 岁的少年“酒鬼蔷薇圣斗”杀害。

市，东西向走起来，转眼之间就穿了过去。左盼右顾行走之间，这里那里仍然有地震造成的空地闪入眼帘。没有居民气息的歪斜房屋也时而入目。阪神地带的土质虽说与关东不同，但也同是山沙地，不湿不黏，颜色泛白，空地因而格外醒目。地面草丛又绿又密，鲜明的对比很刺眼睛。那让我联想起留在亲人白色肌肤上的大外科手术遗痕，其场景势必超越时间和状况而物理性地刺着我的皮肤。

不用说，那里有的并不是仅仅是杂草丰茂的空地，也出现了几个建筑工地。估计不出一年，那一带就会有新房栉比鳞次，彻底改观。新瓦沐浴着新的阳光闪闪耀眼。而那样一来，那里新产生的新风景同我这个人之间恐怕就没有不言自明的共有感存在（应该不存在），地震这个无坚不摧的破坏装置强制性地暴露出来的新分水岭有可能存在于二者之间（很有可能）。我仰望天空，将微明的早晨的空气深深吸入肺腑，思索着培育我这个人的这方土地，思索由这方土地培育的我这个人，思索这不妨称为无可选择的事项。

走到相邻的阪急冈本站，我打算随便走进一家饮食店吃优惠价早餐。回头一想，早上到现在还什么都没吃。不料，一早开门的饮食店一家也没找到。想起来了，这里不是那类地方。无奈，在国道旁边的罗森便利店买了面包，坐在公园长椅上独自默默吃了，又喝了易拉罐咖啡，然后把此前路上见到的记下来。休息片刻，接着读了几页装在衣袋里的海明威的《太阳照常升起》。记得高中时代读过，昨晚不期然地在宾馆床上再次读起，读得如醉如痴。为什么过去没读出这部小说的精彩呢？想到这里，甚觉不可思议。大概是因为想别的事情了。

遗憾的是，下一站御影站也不存在优惠价早餐。我一面忘情地想像着又香又浓的热咖啡和切得厚厚的涂着黄油的烤面包片，一面沿着阪急电车线继续默默前行，依然走过几块空地和几处建筑工地，同几辆把小孩从学校送往车站的E级梅赛德斯·奔驰擦肩而过。梅赛德斯·奔驰当然没有瑕疵，没有污渍，一如象征之没有实体，流移的时间之没有目的。那是同地震、同暴力没有关系的事物，大概。

在阪急六甲站前，我做了一点妥协，走进麦当劳，要了鸡蛋黄油脆皮面包（三百六十日元），总算化解了深度海啸般的饥饿，休息三十分钟。我觉得自己被组合为巨大的（麦当劳式的）虚拟现实的一部分，或者成了集体无意识的一部分。但实际包围我的，不过是个别现实，无须多想。好也罢不好也罢，仅仅是个别性暂时迷失归宿罢了。

想到是特意来到这里的，于是任由额头浮起一层细汗，爬上陡急的坡路，走到从前就读的高中跟前。以自己的双腿行走在从前总是乘满员公共汽车行进的路上。拓平山坡建成的足够大的运动场上，女生在上体育课，打手球。周围静得不得了，除了她们不时发出的招呼声，几乎不闻任何声响。由于过于安静，我甚至觉得自己是因为某种原因而滑进了错误的时间层面。为什么这般安静呢？

我一边遥遥地俯视着眼下发着幽光的神户港，一边侧耳倾听，看能否听见遥远往昔的回声。但什么也没传来耳畔。借用保罗·西蒙老歌的歌词来说，听见的惟有沉默的回响。也难怪，毕竟一切都是三十多年的事了。

三十多年前的事——是的，有一点我可以明确断言：越是上年纪，人越是迅速地变得孤独，人皆如此。不过也可能不对。这是因为，在某种意义上，我们的人生只不过是旨在适应孤独的一个连续过程罢了。果真如此，就不该发什么牢骚。说到底，牢骚又向谁发呢？

4

起身离开高中，颇有些麻木地走下长长的坡路（也是因为多少有点累了），直接走去新干线的新神户站。走到这里，距目的地三宫就没有多远了。

由于时间充裕，出于纯粹的好奇心，我走进站前刚刚开业的堂而皇之的东洋宾馆，在里面咖啡屋的沙发上深深坐了下去，终于捞到今天第一杯像样的咖啡。我把挎包从肩头撤下、摘下太阳镜，做了个深呼吸，放松双腿。忽然想起该上卫生间，早上离开宾馆以后小便还是第一次。折回座位又要了一杯咖啡，之后舒了口气四下打量。地方大得有些过分。和港口附近原有的神户东洋宾馆（因地震现在停业，那里有一种大小恰到好处的亲密感）相比，印象相当不同。较之大，或许说“空荡荡”更接近实况。看上去总好像刚建成的木乃伊数量不足的金字塔。不是我吹毛求疵，很难认为这是我想住的宾馆，至少不符合我的口味。

几个月后，正是这间咖啡屋发生了暴力团伙持手枪乱射的事件，两人被夺去生命。当然，那时的我不可能想到会发生这类事件。但不管怎样，我还是在那里隔着若干时差，同另一种“即将到来的暴力”阴影偶然擦肩而过。想到这里，觉得“偶然”这东西颇有些不可思议。过去、现实、未来三者如立体交叉一般走来串去。

我们现在为什么这么深入这么持续地处于暴力的阴影之中呢？四个月后，我在回顾这次不算长的徒步旅行，伏案写这篇文章过程中，不由得这样想道。我觉得，即使把现在的这个神户切割下来，一种暴力也还是同另一种暴力宿命地（现实地或比喻地）紧紧连在一起。那里面莫非有某种时代性的必然不成？还是说仅仅属于巧合呢？

我离开日本在美国生活期间，恰有阪神大地震发生，两个月后有地铁沙林毒气事件①发生。对我来说，似乎是极具象征意味的连锁事件。那年夏天我回到日本，稍事休息后开始采访地铁沙林毒气事件的受害者，一年后出版了《地下》（Underg round）那本书，写的就是理应潜伏在我们社会脚下

① 1995年5月20日，由奥姆真理教在东京地铁内实施的沙林毒气事件。致死2人，231人受害。作者采访了其中62名受害者。

的暴力性——平时被我们忘记、但现实中作为可能性存在于那里的暴力或以暴力形式凸显于现实的可能性。正因如此，我才选择“受害者”而未选择“加害者”作为采访对象。

从西宫去神户的路上，我独自默默走了两天，始终边走边思考这个命题。一面在地震的阴影中移动脚步，一面持续思索地铁沙林毒气事件究竟是什么，或者拖着地铁沙林毒气事件的阴影持续思索阪神大地震究竟是什么。两件事不是孤立的，解开一件，恐怕就会更为明快地解开另一件，我是这样认为的。那既是物理性的，同时又是心因性的，或者不如说心因性本身即是物理性的。我必须在那里找出属于自己的回廊。

如果再补充一点，“我现在究竟能做什么”这一更重大的命题也在那里。

遗憾的是，我还不拥有关于这些命题的富于逻辑性的明确结论。我尚未具体抵达任何地方。现在的我所能做的，只能把自己的思考（或视线，抑或双腿）所移经的现实路程作为不确定的散文盛进 anticlimax 的容器里表现出来。不过如果可能，我希望大家理解，归根结底，我这个人只能通过开动自己的双腿、运动身体、物理式地粗线条地一一历经这一过程才能前进。这很花时间，时间花得令人不忍。但愿不至于为时已晚。

终于走到三宫，身上出了不少汗。并非多么大不了的距离，但总比早上散步走的路长。在宾馆房间来个热水淋浴，洗发，冰箱里取出一瓶冷藏的矿泉水一饮而尽。我从旅行箱里拿出新衣服换上：藏青色马球衫，蓝色棉质外衣，驼绒色粗布裤。脚有些肿，单单这个不能换。还有脑袋里悬而未决的模模糊糊的意念——这个也无法取出。

想不出特别想做的事，遂上街看随便碰上的电影。虽不能让人感动，但也还不坏。汤姆·克鲁斯主演的。休整身体，打发时间。人生中的两小时因此流失——没有感动地、并不那么坏地。走出电影院，已近日暮时分。兼作散步走去山麓一家小餐馆，一个人坐在台前要了海鲜比萨饼，喝着生啤。单身客人只我一个。也许是神经过敏的关系，看上去餐馆里的人除了我都非常幸福。恋人们似乎极为情投意合，成伙来的男女大声说笑。这种日子偶尔也是有的。

上来的海鲜比萨饼带有一个小纸条："您吃的比萨饼为本店第958，816枚比萨饼。"好一会儿我没能领会这一数字的含义。我应该从中读取怎样的信息呢？如此说来，我曾和女朋友几次来这里喝同样凉的啤酒、吃带有编号的刚烤好的比萨饼。我们就将来谈了很多很多。说出口的所有预测无论哪一个都彻底化为泡影……那可是很久很久以前的事了。那时这里还有海、有山。

不，海和山现在也有，不用说。我指的是和此时在这里的不同的海、不同的山。我喝着第二杯啤酒，翻开便携本《太阳照常升起》的书页，继续往下读。失去的人们，失去的故事。我很快被那个世界吸引过去。

不久，出门离开。如事先预报的，我淋成了落汤鸡，上下整个淋透，淋得让人心烦。既已淋透，伞也懒得买了。

边境之旅

当今时代，旅行后写成文章，甚至写一本书，想起来是很难的事，的确很难。毕竟如今去海外旅行不是多么特殊的事情了，和小田实[①]写《什么都看》的时代不同了。如果想去——就是说只要有此念头并相应拿出一笔钱来——一般都能满世界跑。能去非洲的原始森林，南极都不在话下。甚至可以 Package toar[②]。

所以就旅行来说，不管去的地方多么远多么偏僻，脑袋里都一开始就要有“那不是多么特殊的事情”这一念头，否

---

① 日本小说家（1932—2007）。

② 包价旅行。旅行社面向个人策划的旅游。形式虽为团体旅游，但住宿和时间安排等由个人决定（自由行）。

则是不行的。把过度的顾虑啦启蒙啦勇气啦什么的排除掉，而作为“略略非日常性的日常”加以把握——当今时代的游记恐怕该这样动笔才是。就算说“只不过去了一趟那里”多少有些极端，但若给人以“痛下决心”那样的感觉，读的人怕也很难轻松。

在这个意义上，驱车横穿美国大陆和在四国清一色吃了三四天乌冬面相比，究竟哪个是边境就有点闹不明白了。一个困难的时代（笑）。

一般说来，实际旅行途中我不做详细的文字记录，而总是怀揣一个小笔记本，每次都把类似的小标题的词句并列写在那里，如“浴室老太婆!”等等，以便日后翻开笔记本看见“浴室老太婆!”这句话就能很快想起：啊是的是的，在靠近土耳其和伊朗边境的小镇里是有那么一个奇特的老太婆。总之是自己最容易明白的标题即可。便是把这种东西像在海面上做浮标似的一个个连着写下来，同资料抽屉中的索引标题是一回事。一次次旅行下来，逐渐掌握了适合自己的做法。

例如日期、场所名称和各种数字，如果忘了，写的时候就会遇到实际困难，因此作为资料要尽可能详细记录。至于具体记述和描写则尽量避免，不如说在现场就把“书写”这件事忘掉才好。记录用的照相机什么的也几乎不用，而把因此节约下来的精力集中用于观察，以自己的眼睛定定地注视形形色色的东西，把情景、氛围、气味和声音等等清楚地刻录在脑中，让自己成为好奇心的俘虏。反正就是要让自己整个儿淹没在那里存在的现实之中，这是再要紧不过的。让一切渗入肌肤，让自身当场成为录音机、成为照相机。从经验上说，这么做对日后写文章有用得多。反之，如果不一张张看相片就记不起什么样子，那就压根儿写不出生动有趣的文章。

所以，虽说是采访，但看上去作家很轻松，在现场差不多什么也不做，只是静静地看，单单只有摄影师跑来跑去忙个不停。作家是回来后辛苦。相片洗完就万事大吉了，而作家的作业刚刚开始。对着桌子，以记下的片言只语为线索，让现场在脑海中复活。一般回国一两个月后才能写文章。从经验上讲，采访好像要放这么一段时间才对结果更有利。那时间里，该沉的沉下去，该浮的浮上来，而且只有浮上来的才会水到渠成地连在一起。这样，文章的粗线条就形成了。

忘记也是重要的，对于写东西来说。只是，放置的时间超过一定长度会使忘记的事项增多，大凡事物都是有“火候”的。

在这个意义上，我认为对我而言，写游记是非常宝贵的写作修炼。思考起来，游记这东西本来应该做的和小说本来应该做的，差不多是同一回事。绝大多数人都要旅行吧？一如绝大多数人都要恋爱。但将此向谁述说并不是容易的事。发生了这样的事，也去了这样的地方，有了这样的感受——即使向谁这么说，能否真切传达自己在那里的实际感受和“感情水位偏差”也是个疑问，因为那是难度极大的技艺，不如说近乎不可能。而让听的人认为“啊，旅行真是太有趣了，我也想去旅行”或者“恋爱真是太美妙了，我也想来一场美妙的恋爱”更是难上加难。对吧？而设法做到这一点的，不用说，非行家的文章不可。这里需要技巧，需要固有的文体，而激情、爱心和感动等等当然也是需要的。在这个意义上，对于作为小说家的我来说，写游记是非常好的学习机会——我本来就是因为喜欢写才写的，这里是说在结果上。

我本来就喜欢游记，一向喜欢。海定[1]啦斯坦利[2]啦，小时候就看那样的游记看得入迷。和童话相比，还是更喜欢那类游记，反正就是喜欢。每次翻动书页都激动得不行。斯坦利历经千辛万苦在刚果腹地找到下落不明的探险家利文斯通那个段落，至今仍记得一清二楚。新游记方面，保罗·塞罗的东西也常看。看写得好的游记比实际外出旅行有趣得多——这种情况也不在少数。

不过前面也说了，如今一个人可以到任何地方去，所谓边境那东西已经不复存在，冒险的性质已彻底变样，“探险”和“秘境”等字眼也迅速落伍，在现实层面几乎不能再用了。电视上至今还在搞那种加长节目，冠以某某秘境等带有大探险时代意味的标题，但几乎没有哪个人会天真得信以为真。在这个意义上，对于游记来说，当今时代恐怕并非幸福时代。

但不管怎样，旅行这一行为作为其赖以形成的形式，或多或少总要迫使旅行的人改变其意识。既然如此，我认为描

① 瑞典地理学家、中亚探险家（Sven Hedin，1865—1952）。曾发现古楼兰遗迹。
② 英国探险家、记者（Henry Morton Stanley，1841—1904）。1871 年在坦噶尼喀湖附近戏剧性地找到利文斯通。后发现尼罗河发源地和刚果河流域。

写旅行的作业也必须相应地反映其动向，其本质无论哪个时代都不会改变，因为那是游记所具有的本来意义。“去了哪里，发生了如此这般的事，做了如此这般的事”——仅仅连篇累牍地罗列这类奇闻逸事，人们很难读下去的。“哪怕远离日常，也是同日常比邻而居的”——我想必须综合阐明（顺序颠倒也没关系）这一点才行。真正的新鲜的感动正是从这里产生的。

我认为最重要的，是要相信即使在边境已经像这样消失的时代，自己这个人的身上也仍然存在着可以造出边境的场所。而追加、确认这样的情思即是旅行。倘若没有这样的终极性认识，纵使跑去天涯海角，恐怕也是发现不了边境的，毕竟是这样的时代。

（根据《波》刊载的访谈《边境之旅》整理而成）

图书在版编目(CIP)数据

边境·近境/(日)村上春树著;林少华译.
—上海:上海译文出版社,2011.8 (2022.11重印)
ISBN 978-7-5327-5456-4

Ⅰ.①边… Ⅱ.①村…②林… Ⅲ.①游记—作品集
—日本—现代 Ⅳ.①I313.65

中国版本图书馆CIP数据核字(2011)第062725号

图字:09-2003-101号

边境·近境
[日]村上春树/著 林少华/译
责任编辑/沈维藩 装帧设计/张志全

上海译文出版社有限公司出版、发行
网址:www.yiwen.com.cn
201101 上海市闵行区号景路159弄B座
江阴市机关印刷服务有限公司印刷

开本 787 x 1092 1/32 印张7.25 插页5 字数 89,000
2011年 8 月第 1 版 2022 年 11月 第 9 次印刷
印数: 34,201—35,200册

ISBN 978-7-5327-5456-4/I·3188
定价:45.00元